捨てられたはずが、切愛蜜夜で赤ちゃんを授かり愛されママになりました

marmaladebunko

沙紋みら

マーマレード文庫

目次

捨てられたはずが、切愛蜜夜で赤ちゃんを授かり愛されママになりました

捨てられたはずが、切愛蜜夜で
赤ちゃんを授かり愛されママになりました

1　隠された恋心——禁断

落ち着いたクラシックが流れる店内で、突然隣のテーブルから聞こえてきたのは、目が覚めるような衝撃的な言葉だった——。

「私、お兄さんを愛しているの。諦めることなんてできない！」

えっ……？　今、お兄さんって言ったよね？

決して聞き耳を立てていたわけではない。その意味深な言葉を発した女性の声が思いの外大きく、自然に耳に入ってきてしまったのだ。

こっそり隣のテーブルに視線を向ければ、ただならぬ雰囲気の男女が真剣な表情で見つめ合っている。

「お兄さんも私のことが好きだって、誰よりも大切だって言ってくれたじゃない」

「もちろんだ。俺にとってエミリは特別な存在。今でも大切に思っている」

うっそ……兄妹でまさかの両想い？

これは聞いちゃいけない話だと、すぐさま目を逸らし何事もなかったように窓の外に視線を向けたのだが、ドラマでも小説でも、障害がある純愛にめっぽう弱い私は禁断の愛の行方がどうしても気になり、一分も経たないうちに再びふたりの様子を覗き見る。

声の主は、シックなグレーのミニワンピースを着た二十代後半くらいの目鼻立ちがはっきりしたとても綺麗な女性。ショートボブの艶やかな黒髪と雪のような白い肌が印象的だ。片や兄と思われる男性は三十代半ばだろうか？　端正な顔立ちで非の打ちどころがない超美形。ダークブラウンの髪を無造作に後ろに流し、引き締まった体に細身のスーツがよく似合っている。まさに絵に描いたような美男美女だ。

そんなファッション雑誌から飛び出してきたようなモデル顔負けのふたりに見惚れていると、男性が妖艶な瞳で女性を見つめ深いため息をつく。

「いい子だから……俺を困らせないでくれ」

しかし女性は頬を紅潮させ、声を震わせ言う。

「私とお兄さんは何があってもずっと一緒……そう約束したのに……お見合いするってどういうこと？　今すぐそのお見合いを断って！」

そういうことか……彼女はお兄さんがお見合いをしようとしているから怒っているんだ。

取り乱す女性を宥めるように身を乗り出し、彼女の手に自分の手を重ねた男性の顔にも、苦悩の色が滲んでいる。

様子を見ていれば分かる。ふたりは本気で愛し合っているんだ。でも、お兄さんはその関係を終わらせようとしている。このままではいけないと思ったから……？

あんなに綺麗なふたりなのだから、言い寄ってくる異性は数え切れないくらい居ただろうに、お互い愛した相手が血を分けた兄妹だなんて……なんて残酷な運命なんだろう……。

自分には全く関係のないことだけど〝禁断の恋〟〝許されぬ愛〟というワードが頭の中でぐるぐる回り、切なくて胸がギュッと締め付けられる。

私、相良穂乃果《さがらほのか》が居るのは、高級ホテルの最上階にあるフレンチレストラン。

私は今日、付き合って二年になる恋人、大島冬悟《おおしまとうご》さんの三十二歳の誕生日を一緒に祝う為にここに来た。でも、彼から接待ゴルフで少し遅れると連絡が入り、レストランの予約の時間が迫っていたので仕方なくひとりで入店して冬悟さんが来るのを待っていた。

慣れない場所でかなりの時間待たされ、そろそろ居心地の悪さを感じていたのだけれど、今は隣のテーブルが気になって全神経がそちらに向いている。と、その時、音を消した私のスマホが短く震えた。

あ、冬悟さんからだ。ホテルに着いたのかな?

逸る気持ちを抑えスマホを手にしたのだが、彼から届いたメッセージは【ゴルフの後に食事をすることになった。そっちには行けない】という素っ気ないものだった。

「そんな……」

冬悟さんは私が勤める会社、大島貿易《おおしまぼうえき》の専務。普段から超多忙で予定が突然キャンセルになるのは日常茶飯事。決して珍しいことではない。だから今回のようなメッセージには慣れていた。でも、今夜に限ってはショックが大きく、この現実を受け入れるまで暫く時間がかかった。

実は今日、私は冬悟さんからある言葉が聞けるのではと期待していたのだ。それは、彼からのプロポーズ。

冬悟さんは、二ヶ月ほど前から入院している大島貿易の社長である父親に早く孫の顔を見せてやりたいとか、〝結婚〟という言葉を頻繁に口にするようになった。となれば、当然、そろそろかなって思ってしまう。だから精一杯のお洒落をし、心躍らせホテルに来たのだが、まさかのドタキャン。

今日だけはどんなに遅くなっても絶対に来てくれると思ったのに……。

特別な日になると予想して奮発したプレゼントは、以前、冬悟さんと一緒に訪れたことがある銀座《ぎんざ》の老舗ビスポークテーラーで仕立てたスーツ。

彼がスーツの生地を選んでいた時、最後まで迷って名残惜しそうに今回は諦めると言っていたダークグレーの生地で仕立ててもらった。

二十五歳、一般社員の私にとって、一着二十万円のスーツは手痛い出費だったけれど、愛する男性《ひと》の喜ぶ顔が見られると思うと、コンビニのおにぎり一個だけという質素なランチも我慢できた。

なのに……どうして来てくれないの？

期待が大きかった分、落ち込みの深さが半端ない。何より、この日を指折り数え楽しみにしていた自分が惨めで涙が溢れてくる。

こんなところで泣いたら周りの人に変に思われてしまう……。

気持ちを落ち着かせようと、まだ口をつけていなかったグラスワインを一気に飲み干す。が、元々お酒が飲めない私にとってそれは浅はかで無謀な行為だった。

くぅーっ……きつい……胃が焼ける。

アルコールの刺激で涙は引っ込んだけれど、後先考えぬ行動のつけはすぐに表れた。

途端に体がカッと熱くなり、拒否反応を起こした心臓が暴れ出す。

ついさっきまで見知らぬふたりの恋愛事情に同情して胸を痛めていたけれど、今はそれどころじゃない。

なんとか立ち上がり、近くに居たギャルソンに食事をキャンセルして欲しいと伝えた。ギャルソンは事情を察したようで、お支払いは結構ですと言ってくれたが、散々待たせたあげく食事をキャンセルしたのだからそういうわけにはいかない。ふたり分の支払いを済ませ逃げるように店を後にした。

急なキャンセルで迷惑かけちゃった。もうあのお店には行けないな……。

早くこの場を去りたいと気持ちが急くも、酔って平衡感覚が麻痺しているから上手く歩けず、完全に千鳥足状態。それでもなんとかエレベーターホールに辿り着き、涙で滲んだボタンを押す。

今朝の情報番組の占いでは、今年一番のスペシャルデーとか言っていたのに……もうあの占いは信じない！

そう心に誓った時だった。誰かに後ろから背中を押され体がふらつく。

「あっ……」

普段なら余裕で踏ん張れるくらいの軽い衝撃だった。だけど、如何せん履き慣れないピンヒールと体質に合わないアルコールのせいで、足に力が入らず体が大きく傾く。で、そのままコテンと尻もちをついてしまった。

そんな私を全く気にすることなく、丁度到着したエレベーターに乗り込んだのは、レストランで隣のテーブルに居たショートボブの女性。

デートがキャンセルになった上に突き飛ばされて待っていたエレベーターを乗っ取られてしまった。

最悪……踏んだり蹴ったりだ。

立ち上がる気力もなく床に座り込んだまま虚ろな目で宙を見つめていると、背後から足音が近づいてくる。

「……大丈夫ですか？」

声をかけてきたのは、ショートボブの女性と一緒に居た男性。彼女のお兄さんだ。

「妹が失礼なことを……怪我はありませんか？」

いきなり顔を覗き込まれ心臓がドクンと跳ね上がる。同時に酔いが一気に醒めた。

「あ、はい……だ、大丈夫……です」

初対面の男性の顔がすぐそこにある。おまけに眉目秀麗な超イケメンだ。それに、私は彼の禁断の秘密を知っている。

妙に意識してしまい慌てて彼から視線を逸らす。

「立てますか？　足をくじいてないといいんだが……」

「あの、本当に大丈夫ですからお気になさらずに……それより、お連れの方を追いかけた方がいいのでは……」

今言葉を交わしたばかりの人にこんなことを言うのはどうかと思ったけれど、そう言わずにはいられなかった。だって、見てしまったのだもの。エレベーターの扉が閉まる寸前、彼女の大きな瞳から零れ落ちる涙を……。

しかし彼は苦笑しながら小さく首を振る。

「もう手遅れです。おそらく今頃妹はタクシーの中……それより私はあなたの方が気になる」

「えっ……」

まだ転んだことを心配してくれているのかなと思ったが、彼の口から出た言葉は意外なものだった。

「随分長い間、待っていましたね」

この人、気づいていたんだ。私が彼と妹さんのことを気にしていたのと同じように、彼もまた、ひとりで食事もせずにひたすら水を飲んでいた私のことが気になっていた。見られていたのだと思うと急に恥ずかしくなり、ペコリと頭を下げて立ち上がろうとした。でも……。

「痛っ……」

「あっ、無理しないで」

男性がふらつく私の体を素早く支えてくれたおかげで二度目の尻もちは免れた。けれど、意図せず抱き合う形になり大いに焦る。ジタバタしながら彼の胸を押すと目一杯頭を下げた。

「す、すみません」

「いや、こちらこそ申し訳ない。やはり足首を捻ってしまったようだね」

「あ、でも、少し痛みを感じる程度ですから。ほら、この通り」

その場でぴょんぴょん飛び跳ね大丈夫だということをアピールするも、男性は珍しい生き物を見るような目で私を凝視する。

「変わった踊りだね」

いやいや、踊ってないし……。

微妙な雰囲気になりかけた時、男性の視線が私の後ろに逸れた。

彼が屈んで拾い上げたのは、私が転んだ弾みで投げ出してしまったスーツが入った飴色のギフトボックス。

「有名なテーラーのものですね。ここのスーツは最高の仕立てで極上の着心地だ。あなたが待っていたのは、彼氏……かな？」

　そう聞かれ、ふっと体の力が抜けた。

　今更誤魔化しても仕方ない。それに、もう二度と会うことのない人だ。

「はい……今日は彼氏の誕生日で……でも、すっぽかされちゃいました」

　本心とは裏腹に精一杯明るく言って無理やり口角を上げる。

「仕事だから仕方ありません。よくあることです」

　きっと可哀想な娘《こ》だって同情されているんだろうな……でも、ここは察して笑って欲しい。

　そう願うも彼はギフトボックスを私に手渡し、真顔で呟く。

「あなたは寛大な人だ」

「私が、寛大？」

「特別な日にこんな素敵なプレゼントを用意してずっと待っていたのに、約束を破った彼を責めようともしない。私の妹があなたの立場だったら絶対にそんなことは言いませんよ」

　エレベーターのボタンを押しながら微苦笑する彼を見て、胸がチクリと痛んだ。

　仕事だから仕方ないなんて、本気でそんなこと思っていない。実際、冬悟さんが来ないと分かった時は心の中で彼を責めたもの。

「……私、そんな物分かりのいい女じゃありません」

「んっ？」

「本当は、凄く悲しかった。どうして来てくれないのって泣きそうになりました。ずっと今日という日を心待ちにしていたから……」

私は、付き合っている彼からのプロポーズを期待していたのだと正直に話し、自虐的な笑みを浮かべる。

こんなプライベートなことまで話すつもりはなかったのに、なんだろう……この感じ。彼の醸し出す優しい雰囲気と穏やかな口調に安心感を覚え、ついお喋りになってしまう。

「プロポーズを？　それは残念でしたね」

「あ、すみません。初対面の人にする話じゃありませんね。でも、聞いてもらってスッキリしました。有難うございます」

私の不幸話を聞いていても面白くないだろうと思い、この話題を終わりにしたのだが、彼の方はまだ終わっていなかったようで、到着したエレベーターに乗り込むと下降する密室の中でひとつの提案をしてきた。

「この際、全て吐き出してみてはどうですか？」

「吐き出す？」

「そう、このホテルを出るまで私をその彼氏だと思って言いたいことを言っていいですよ。愚痴でも嫌味でもなんでも構いません」

えっ？　今会ったばかりの人に私の不満をぶつけろと？

「あの、どうしてそんなことを？」

「妹が無礼なことをしたお詫びです」

妹さんの為？

彼の落ち着いた笑顔を見て、この人は本当に妹さんのことを大切に想っているんだなと感じた。おそらく彼女の尻拭いをするのは今回が初めてじゃないのだろう。

妹さんの為になんの迷いもなく頭を下げることができる彼の方が私なんかより、よっぽど寛大で優しい。そんな人が一生かかっても成就することのない絶望的な恋をしているのだと思うと悲しくなる。

目の前の扉が開くと私は男性に向かって一礼し、精一杯の笑顔を向けた。

「妹さんのことはなんとも思っていません。それに、愚痴っぽい話はもう聞いてもらいましたから」

彼の悩みに比べれば、私の不満なんて些細なもの。プロポーズの言葉を聞くのが少し延びたくらいで文句なんて言えない。

「彼氏に不満なんてありません。私は幸せです。有難うございました」

微笑む彼の前でもう一度、ぴょんぴょん跳ねて回転扉に向かって走り出す。

彼と妹さんも幸せになれますように……。

そう心の中で願いながらぎこちない足取りで広いロビーを駆け抜けた。


——二週間後の昼休み。

ランチを終えた社員がオフィスに戻って来る様子をぼんやり眺めていると、不意に後ろのデスクの同僚に肩を叩かれた。

「ねぇ、相良さん、これ見て！　親会社の副社長が載ってるよ」

振り返ると既にそこは黒山の人だかり。全員が若い女性社員だ。

その光景を見た瞬間、私はゆっくり前に向き直る。

彼女達が目の色を変えガン見しているのは、二、三十代の女性に人気があるファッション雑誌。今月号の『要チェック！　職場のハイスペイケメン』という特集記事に私が勤めている大島貿易の親会社、篠崎《しのざき》コーポレーションの副社長が選ばれ掲載されたのだ。

大島貿易は海外の食品を輸入販売している社員七十名ほどの中小企業。しかし親会社の篠崎コーポレーションは日本を代表する大手の総合商社。

私が就職する数年前、大島貿易は業績が低迷して倒産寸前だったらしい。が、ギリギリのところで篠崎コーポレーションの傘下に入り最悪の事態は免れた。

こういう場合、吸収合併されるのが普通なのだが、大島貿易の社長の奥さん、つまり冬悟さんのお母さんが篠崎コーポレーションの社長といとこで現在も交流があり、特例措置として大島貿易の名前を残してもらえることになったそうだ。

しかし経営面では今まで通りというわけにはいかない。親会社の意向が強く反映されるようになり、大島貿易単独で重要案件を決定することはできなくなってしまった。実質、大島貿易の経営を行っているのは篠崎コーポレーションということになる。

でも、一般社員の私達は仕事で篠崎コーポレーションと関わることはまずない。

そんな感じだから、雑誌が発売される前に親会社の副社長が紹介されると聞いても特になんとも思わなかった。しかし周りの女性社員の反応は違っていて、まるで身内が取り上げられたような興奮ぶりで休憩時間は副社長の話題で持ち切り。おかげで副社長のことが妙に詳しくなってしまった。

副社長の篠崎右京《うきょう》氏は篠崎コーポレーションの社長の長男で、国立大卒の三十五歳。学生時代にバスケで日本代表の強化選手に選ばれるも膝の怪我で競技続行を断念。

大学卒業後は篠崎コーポレーションに入社し、五年後に海外勤務となる。それから数年の間、イギリス、中国、イタリアなど、いくつかの海外支社の支社長を務め、その時の実績が認められて取締役付きの常務に昇進。そして二ヶ月ほど前に帰国した後、社長の強い希望で副社長に就任したらしい。

「親会社の御曹司には興味ないんだ……」

隣のデスクで私の一連の動きを見ていた同期で親友の佐田奈美恵《さだなみえ》がくすりと笑う。皆が騒いでいたから少しは見てみたいという気持ちはあったけど、正直、それほど興味がなかった。

「なんだか凄く盛り上がっているから……入っていけないなって思って……」

遠慮気味に呟き苦笑いすると、さっき私の肩を叩いた同僚が話に割り込んできた。

「相良さんは大島専務以外、興味ないんじゃない？」

「えっ……な、何それ。私、大島専務のことはなんとも……」

図星を突かれ言葉に詰まる。

本当は「その通り！」って胸を張って宣言したい。でも、冬悟さんから私達の関係は絶対に会社の人に知られないようにと強く言われていたから認めることができない。

「はいはい、大島専務のことはなんとも思ってない……ね」

同僚は呆れたように笑うと椅子ごとクルッと向きを変える。すると奈美恵がこちらに肩を寄せ「バレバレだよ」と呟いた。

「この前も経理部の新人に大島専務とふたりで地下駐車場に居るとこ見られちゃったんでしょ？　もうそろそろカミングアウトしたら？」

親友の奈美恵だけには、冬悟さんと付き合っていることを打ち明けていた。もちろん会社の人には絶対に秘密と念を押して。だけど、私と冬悟さんの関係は社内に知れ渡っていて社員の間では暗黙の了解……というより、もはや公然たる事実。それが分かっていても冬悟さんの言いつけを守り、頑なに知らぬ存ぜぬを貫いている。

「私の判断で勝手にカミングアウトなんてできないよ」

「プロポーズされるまでは言えないか……」

プロポーズか……あれから二週間経つけど、まだ冬悟さんからプロポーズの言葉は聞けてない。すっぽかされた翌日、仕事終わりに少しだけ会える時間ができてプレゼントは渡せたけど、そんな雰囲気じゃなかった。

なんと、病気療養中の社長が退任して息子である冬悟さんが社長に就任することが決まったそうだ。急なことで彼もかなり動揺していたから今は結婚どころじゃないのかもしれない。

冬悟さんと付き合った時から、この人はいつか社長になる人だと覚悟はしていた。けれど、実際にはまだ遠い先のことだと思っていたので現実味がなく、どこか他人事だった。

まさかこんなに早くその日が来るなんて……。

本当は喜んであげなきゃいけないのに、私に社長の奥さんが務まるだろうか……そんなことを考えると不安しかない。でも、そう思う反面、冬悟さんからのプロポーズを待ちわびている自分が居る。不安と期待。その相反する気持ちが心の中で激しくせめぎ合っていた。

定まらない思いに当惑していると、奈美恵が周りを気にしながら小声で言う。

「今さ、女性社員の間である噂が広がっているんだけど、穂乃果、知ってる？」

「さぁ？　知らないけど……どんな噂？」

「やっぱ、知らないんだ。あのね、二週間後の土曜日、赤坂《あかさか》のホテルで大島専務の社長就任を祝うパーティーがあるでしょ。で、私達社員も出席することになっているじゃない。その時、専務から社員に重大発表があるみたいなんだよね～」

冬悟さんから社員に重大発表？　そんなの初耳だ。

重大発表の内容を知っているのか聞くと、奈美恵はコンビニで買ったカフェラテを一口飲み勿体ぶるようにニヤリと笑う。

「噂ではね、その場で大島専務が婚約を発表するんじゃないかって」

「えっ……婚約を？」

「そっ！　サプライズのプロポーズじゃないの？」

嘘……皆の前でサプライズのプロポーズ？

ついさっきまで心が揺れていたのに、その言葉を聞いた途端不安はどこかに吹っ飛び、嬉しさで胸が弾む。

「それ、確実な情報なの？」

「うん、間違いないって。やったね、穂乃果」

ああ……こんな展開になるなんて……私、冬悟さんの奥さんになるんだ……。

――二週間後、赤坂、アイビスグランドホテル。鳳凰の間。

アイビスグランドホテルは都内でも有数の高級ホテル。大島貿易とは関係が深く、冬悟さんのおじいさんの代から大切なイベントがあると必ずこのホテルを利用していたのだとか。

午後一時、入院している病院から外出許可が出た大島貿易の前社長の挨拶で冬悟さんの社長就任祝いのパーティーが始まった。

出席者は大島貿易の全社員と取引先会社の関係者。そして親会社の篠崎コーポレーションの役員の方々。その中には初めて直接見る社長の姿もあった。

「やっぱ、大企業の社長は貫禄があるね～」

隣の奈美恵が一番前のテーブルに座る篠崎コーポレーションの社長を指差し言うが、私達が座っているのは出入り口近くの末席。はっきり言って後頭部しか見えない。それより私が気になっていたのは、宴が始まる前から感じていた周りのテーブルからの視線。

皆、今日のサプライズのことを知っているんだ。

こんな大勢の人の前でプロポーズをされるのだと思うと今から緊張して足が震える。堪らず汗ばんだ手で膝をギュッと押さえるも震えは一向に収まらない。

「ねぇ、穂乃果、昨夜は大島専務と久しぶりにデートだったんでしょ？　専務、サプライズの件でなんかそれらしいこと言ってなかった？」

奈美恵の問いかけに体がビクッと反応する。

昨夜、冬悟さんはいつものビジネスホテルで私を抱いた後、それらしいことを言っていたのだ。

いつもなら事が終わるとすぐにシャワーを浴びて帰り支度を始めるのに、昨日は珍しく私を抱き締め、微笑みながらこう言ったんだ。『穂乃果とは、これからもずっと一緒だからな』って……。

私にはそれが遠回しのプロポーズに思え、すぐさま『はい』と返事をして冬悟さんの手を強く握り締めた。すると彼も応えるように私の手を握り返してくれたのだ。

間違いない。明日の重大発表は正式なプロポーズ。

興奮冷めやらぬまま自宅マンションに帰った私はその後も気持ちの高ぶりが収まらず、昨夜はなかなか寝つけなかった。

「もう、穂乃果ったら何ボーッとしてるの？　ほら、大島専務の挨拶が始まるよ」

奈美恵に肩を揺すられハッとして顔を上げると、登壇した冬悟さんが司会者からマイクを受け取ったところだった。

あっ……冬悟さんが着ているのって、私がプレゼントしたスーツだ。

社長就任パーティーという大切な晴れ舞台であのスーツを選んでくれたことが何より嬉しくて、この段階で既に泣きそうだった。

「本日はご多忙にもかかわらず、私の社長就任パーティーにご出席頂き、誠に有難うございます」

晴れ晴れしい表情の冬悟さんが冗舌に喋り出すと会場内はシンと静まり返り、誰もが食事の手を止め新社長に注目する。そしてスピーチが終わりに近づいてきた時、冬悟さんの表情が緩み意味ありげな咳払いをした。

「ええ～……最後に私事ではありますが、皆様にひとつご報告があります」

あぁ……いよいよだ。

震える手を胸の前で合わせ、祈るような姿で壇上の冬悟さんを見上げる。

「実は私には結婚を前提にお付き合いをさせて頂いている女性が居ます。この場をお借りして婚約者を紹介させて頂きたいのですが、宜しいでしょうか？」

周りからは温かい拍手が湧き起こり祝福の言葉が飛び交う。

もうすぐだ。名前を呼ばれたら立ち上がってちゃんと挨拶しないと……。

大きな深呼吸をしてその時を待っていると、冬悟さんが舞台裾に視線を向け、誰かを呼ぶように手招きする。直後、その舞台袖から現れたのは、艶やかな振袖を着た背の高い女性。赤地に扇子と花車をあしらった古典柄の着物を優美に着こなし、静々と歩く姿は実に美しい。

「皆様、こちらの女性が私の婚約者。松葉《まつば》琴音《ことね》さんです」

「えっ？　松葉……琴音？」

意味が分からなかった。

冬悟さんは何を言っているんだろう……。

「琴音さんのお父上は大島貿易のメインバンク、京際《きょうさい》銀行の頭取で……」

どうして私の恋人の冬悟さんが他の女性の肩を抱いて幸せそうに笑っているの？

「……ねぇ、奈美恵、私、夢を見てるのかも。凄くイヤな夢……冬悟さんがね、綺麗な着物を着た女性を婚約者だって紹介してるの」

が、次の瞬間、顔を引きつらせた奈美恵が私の肩を大きく揺する。

「穂乃果、しっかりして！　これは夢じゃないよ」

「えっ……」

「でも、なんで穂乃果じゃないの？」

その言葉で我に返り顔を上げれば、壇上のふたりが寄り添い見つめ合っている姿が目に飛び込んできて息が止まりそうになった。

ついさっきまで一番近くに居ると思っていた人が、今は誰よりも遠く感じる。

現実……なんだ。彼が選んだのは私じゃなく、あの女性《ひと》……でも、なぜなの？　私と冬悟さんは間違いなく付き合っていた。何度も肌を重ね、昨夜は『これからもずっと一緒だからな』って言ってくれたじゃない。それなのに、どうして私じゃないの？

絶望的な光景に言葉を失い虚脱感と共に涙が溢れてくる。何より、私がプレゼントしたスーツを着て婚約者に微笑みかけている彼の姿が切なかった。堪らず目を逸らすもあることに気づき、体が固まる。

周りのテーブルに居る同僚の女性社員達が憐れむような目で私を見つめていたのだ。中にはこちらを見て冷笑を浮かべている人も居る。

冬悟さんからの重大発表と聞き、おそらく殆どの人が私と彼の婚約発表だと予想していたはず。現に私もそう思っていた。それがまさかのどんでん返しで、婚約者として現れたのは銀行頭取を父に持つ美しい令嬢。

いつもは奈美恵に鈍感だと言われることが多い私だけれど、同僚達の心の声はその視線から容易に想像できた。

——憐れみ、同情、そして蔑みと嘲り。

まるで針の筵だ……。そう思ったら、もう耐えられなかった。立ち上がると逃げるように会場の出入り口へと走り出す。

私だって自分のことはちゃんと分かっている。容姿も家柄も平々凡々で誇るものなど何もない私が次期社長の冬悟さんと釣り合うはずがないと。でも、冬悟さんが私を好きだと言ってくれたから……そして私も彼のことが好きになってしまったから……。

次から次へと溢れ出る涙を拭いながら夢中でドアを押した次の瞬間、小柄な私の体はゴム毬みたいに廊下を転がっていた。

ドアを開けた時、確認せずに飛び出したせいで誰かにぶつかり弾き飛ばされたのだ。

弱り目に祟り目とは、まさにこのこと。不幸のオンパレードで完全にメンタルをやられ起き上がる気力もない。

うつ伏せで倒れたまま虚ろな目で廊下の先を眺めていたら、私の目の前に少し骨張った大きな手が差し伸べられた。

「君、大丈夫？」

その声には聞き覚えがあった。まさか……と思いつつ顔を上げると、端正な顔立ちの男性が心配そうに眉を下げて私を見下ろしていた。

「君は、あの時の……」

バッチリ目が合ったからもう完全に手遅れだって分かっていたけれど、涙で濡れた顔を見られたくなくて慌てて顔を伏せ横を向く。

その時、奈美恵が私を追い廊下に出てきた。

「ちょっ、穂乃果、どうしたの？」

奈美恵は床に転がっている私に驚き駆け寄って来ると、抱き起こしてくれた男性を押し退け、不満をぶちまける。

「私、納得いかない！　穂乃果と大島専務は二年も付き合っていたんだよ。それなのに、こんな形で裏切るなんて許せない！」

「奈美恵……」

「私はね、穂乃果が専務にどれだけ尽くしてきたか、よーく知ってる。振り回されても文句も言わず、健気に言われたことを守って一途に想ってきたのに、何が銀行頭取の娘よ！　あんな世間知らずのお嬢様より、穂乃果の方がよっぽど魅力的だよ」

「な、奈美恵、もういいから……」

私は彼女の後ろでじっと話を聞いている男性のことが気になり、怒れる奈美恵を必死に黙らせようとした。でも、奈美恵はそれが気に入らなかったようで、床に拳を打ちつけ更に怒鳴る。

「はぁ？　全然よくないっしょ？　穂乃果は大島専務に騙されてたんだよ。このまま引き下がるつもり？」

奈美恵の怒りは私を思ってのこと。普段は温和な性格なのに、他人が理不尽な目に遭うとこうやって自分のことのように熱くなるのだ。

「有難う。奈美恵……でも、もう婚約を発表しちゃったんだし、今更文句言ってもどうにもならないから……」

「穂乃果はいつもそう。自分が我慢すればいいなんて考えは改めた方がいいよ。ほら、立って！　今から大島専務に文句言いに行こ！」

私だって冬悟さんに言いたいことは山ほどある。でも……。

「……会場には戻れないよ。会社にも、もう行けない」

「なんで？」

「冬悟さんが婚約者を紹介した時、皆が……私と冬悟さんが付き合ってるって知ってた皆が、一斉に憐れむような目で私の方を見たの」

あれは、捨てられて可哀想に……って同情している目だった。

「それに、冬悟さんと付き合っていたことを快く思ってなかった人達が嬉しそうに笑ってた。私、そんなに強くないから……きっと耐えられない」

「なるほど、涙のわけはそれか……」

突然会話に割り込んできた男性が強引に私を立たせ、手を引いて歩き出す。

「あ、あの、どこへ行くんですか？」

「今から君の名誉挽回の手伝いをする」

そう言うと意味ありげに口角を上げ、会場のドアを開けようとした。

「えっ、ええっ？　ま、待ってください……」

私、会場には戻りたくないって言ったはずだよ。

激しく抵抗するも力及ばず、ドアを開けた男性にズルズルと引きずられて行く。

唯一の救いは、会場の皆がまだ壇上で話をしている冬悟さんに注目していて私が戻ったことに気づいていないということ。

今ならまだ間に合う。そう思った私は男性の手を振り払いドアの取っ手に手をかけた。しかしすぐに腕を掴まれ引き戻される。

「君が逃げる必要はない。ここに居て。いいね？」

「いいえ、本当にもういいですから……それに、今ここで行われているのは彼の社長就任パーティーなんです。関係のないあなたが乱入して彼に何か言えば、間違いなく騒ぎになります。パーティーには親会社の社長も来ていますし、大事になったら私、どうしたらいいか……会社に迷惑はかけられません」

縋るように訴えると彼が意外なことを言う。

「心配しなくてもいい。俺はこのパーティーに招待されているんだ。関係者だよ」

えっ？　この人、招待客なの？　ということは、取引先の業者さん？

「あなたは、いったい……」

言い終わらないうちに彼はくるりと向きを変え、冬悟さんが立つ壇上へと大股で歩いて行く。

あわわ……本当に行っちゃった。

追いかける勇気がなくオロオロしていると後ろのドアが開き、奈美恵が顔を覗かせた。

「穂乃果……ヤバいよ」

ついさっきまで冬悟さんに仕返しをしてやろうと息巻いていた奈美恵の様子が一変。顔面蒼白で私を凝視する。

「あの人、どっかで見たことがあると思ったら……」

「えっ、奈美恵、彼のこと知ってるの？」

しかし奈美恵はその問いには答えず、私の横に来るなり崩れるようにペタンと床に座り込んでしまった。その時、壇上でお祝いの花束を受け取っていた冬悟さんが近づいてくる男性に気づいたようで、一瞬動きが止まる。

あぁ……どうしよう。

最悪な事態を想像して血の気が引くも予想に反して冬悟さんの表情がぱっと明るくなり、深く頭を下げたのだ。

「篠崎副社長、今日は仕事だと聞いていましたが、来てくださったのですか。有難うございます」

マイク越しに聞こえてきた冬悟さんの声は嬉しそうに弾んでいる。でも私はその言葉に顔を顰めた。

んっ？　今、篠崎副社長って言ったよね？

確認するように奈美恵を見下ろすと、力なくこくりと頷く。

「間違いないよ。雑誌に載ってた人だ……」

「雑誌って、あの特集記事の？」

「さっきは後ろ姿しか見てなかったから分からなかったけど、彼が穂乃果の手を引いて会場に入る時、横顔を見て気づいたの。篠崎コーポレーションの副社長、篠崎右京だって……」

「あああ、あの人が……副社長?」

驚きのあまり足がガクガク震え立っていられない。奈美恵と同様、ヘナヘナと座り込んでしまった。

どうしよう……知らなかったとはいえ、親会社の副社長にプライベートなことをペラペラ喋っちゃった。

奈美恵とふたり並んで呆然と篠崎副社長の広い背中を見つめていると、ほどなく副社長に気づいた女性社員が黄色い声を上げ騒ぎ出す。が、すぐに冬悟さんが興奮した女性社員を窘め、焦った様子で再び篠崎副社長に頭を下げた。

「社員が無礼なことを……失礼致しました」

あんな平身低頭な冬悟さんの姿を見るのは初めてだ。社長になったとはいえ、大島貿易は篠崎コーポレーションの子会社。親会社の副社長には頭が上がらないようだ。

「いやいや、社員が元気なのは結構なことだ。それより、ご招待頂いたのに遅れて申し訳ない。冬悟君、社長就任、おめでとう。そして婚約も発表されたそうだね」

恐縮する冬悟さんに副社長は丁重にお祝いの言葉を述べた後、社長就任と婚約のお祝いにまだどこにも公表していないとっておきの話をしたいと微笑む。

「大島貿易にも関係があることなのでね、是非ここで発表したい」

承諾した冬悟さんが篠崎副社長にマイクを渡すと、副社長は会場内をぐるり見渡し、笑顔を絶やすことなく低く通る声で話し出した。

「ここで私の婚約者も紹介させてください」

彼の爆弾発言に再び騒然とする会場。これには父親である篠崎コーポレーションの社長も驚いたようで、腰を浮かせて目を丸くしている。しかし副社長は気にする様子もなく、私が居る方に手を差し出した。

「――おいで、穂乃果」

どよめく会場。そして愕然とする冬悟さん。でも一番驚いていたのは、私だ。

「奈美恵……私、腰が抜けた」

「私も……」

篠崎副社長は何を考えているんだろう。これがあの人が言っていた名誉挽回なの？もしそうなら絶対に逆効果だ。こんな嘘、すぐにバレる。

彼の大胆な思考についていけず、唖然として立ち上がることもできない。そんな私に、奈美恵が小声で耳打ちしてくる。

「穂乃果、こうなったら篠崎副社長の嘘に乗るしかないよ」

「はぁ？　奈美恵まで何言ってるの？」

「考えてみなさいよ。ここで穂乃果が否定しちゃったら篠崎副社長はどうなるの？　面目丸潰れだよ。こんな大勢の前で彼に恥をかかせる気？」

そんなこと言われても、あんな壮大な嘘に付き合う勇気はない。

「それに、見てみなさいよ。大島専務のあの驚いた顔。今が恨みを晴らす絶好のチャンスだって」

恨みか……確かに私を裏切り、他の女性と婚約した冬悟さんのことは許せないけど、そんな嘘をついて仕返しをしたところでこの心の傷が癒えるとは思えない。

「やっぱり、もう……」

俯いてそう言いかけた時、見覚えがある少し骨張った手が視界に入る。

「穂乃果がなかなか来てくれないから痺れを切らして迎えに来たよ」

いつの間にか前に立っていた篠崎副社長がいきなり私の両脇に手を入れ、そのまま勢いよく持ち上げたものだから体がふわりと宙に浮き、幼児が高い高いをされているような状態になる。

「ひっ……お、下ろしてください」

そんな姿を会社の人達に見られただけでも恥ずかしかったのに、副社長が「抱き締めてキスした方がよかったかな？」なんて言うから、赤面して顔から火が出そうだった。

やっと解放され地に足が着くと彼は私の肩を抱き「まずは社員の皆さんに謝らないと……」と涼しい顔で言う。

「突然のことで驚かれた方も居ると思いますが、この関係を秘密にして欲しいと頼んだのは私です。そのせいで色々妙な噂が流れていたようだが、もう関係をオープンにしたのだから隠す必要はない。どうか皆さん、これからも私の婚約者の穂乃果を宜しくお願いします」

ここまで言われたらもう否定などできない。不本意ながら彼の嘘に乗っかり頭を下げる。でも、地位のある人が発した言葉というのは凄い。こんな突拍子もないことでも多くの人を瞬時に納得させてしまうのだから。

彼の一言で私を憐れむように見ていた社員の人達が笑顔で駆け寄って来た。その中でも、私と冬悟さんの関係に一番興味ありげだった同僚が体を寄せ、篠崎副社長に聞こえない声量で囁くように言う。

「相良さん、ごめんなさい。私、勘違いしてた。相良さんと大島専務は本当に付き合ってなかったんだね」

「えっ、あ、うん……」

「なるほどね～、篠崎副社長と付き合っていることがバレないよう大島専務が手助けしてたってことか……大島専務と一緒に帰っていたのは、篠崎副社長のところに相良さんを送り届ける為だった……そうでしょ？」

「あ、ははは……」

「だからわざと篠崎副社長が載ってた雑誌に興味を示さなかったんだ～。すっかり騙されちゃったよ」

私が何も言わなくても彼女は勝手にそう解釈してくれた。おかげで遊ばれて捨てられた可哀想な女と思われずに済んだのだけれど、問題は冬悟さんだ。

昨夜まで私は彼に抱かれていたのだから篠崎副社長の言葉を信じていないかもしれない。

案の定、騒ぎが収まり皆が席に着くと冬悟さんから私のスマホにメッセージが届いた。

【話がある。今すぐ廊下に出る来てくれ】

隣に座っている婚約者に見つからないよう慌ててテーブルの下で打ったのだろう。

ひらがなが誤字っている。

行くべきか行かざるべきか……迷ったけれど、どうしても確かめたいことがあったのでフォークとナイフを静かに置き、立ち上がった。

奈美恵にトイレに行くと声をかけ会場を出ると冬悟さんが待ち構えていて、どういうことか説明しろと迫ってくる。

「なんでお前が篠崎副社長の婚約者なんだ?」

思った通りだ。やっぱり冬悟さんは私と副社長のことを疑っている。

「その前に私も冬悟さんに聞きたいことがある。銀行頭取の娘さんと婚約していたのに、どうして『穂乃果とは、これからもずっと一緒だからな』なんて言ったの?」

絶望的な状況でも、私はまだ心のどこかで期待していたのかもしれない。冬悟さんがあの言葉は本気だったと言ってくれるのを。

この婚約は本意じゃない。事情があって仕方なく……自分が好きなのは穂乃果だけだ。そう言って抱き締めて欲しかった。

——でも、その期待は見事に裏切られる。

「あぁ、あれか……穂乃果は従順でなんでも言うことを聞くからな。これからも傍に置いて可愛がってやろうと思ったんだ。だから結婚した後も体の関係だけは続けていくつもりだった」

体の関係……だけ？

「それって、愛人ってこと？」

「まぁ、そういうことだな」

ファーストキスもロストバージンの相手も冬悟さん。私は彼以外の男性を知らない。この先も私が知る男性は冬悟さんただひとり。そう思っていたのに……彼の私への気持ちはとうに冷めていた。なのに、プロポーズを待ち続けていたなんて、鈍感過ぎて笑えてくる。

「もういいだろ？　篠崎副社長の話をしろよ」

希望の糸が切れ、全てが終わったのだと悟った私は真っすぐ冬悟さんの顔を見据え、精一杯意地を張ってみた。

従順だと言われた私の最初で最後の反抗――。

「篠崎副社長のことは冬悟さんには関係のないこと。お互い遊びの恋は終わりにしましょう……」

2　断ち切る為の儀式

滑るように静かに走る車は高速のインターチェンジを入りスピードを上げていく。

パーティーが終わった後、私は篠崎副社長に話があると誘われ、一緒にホテルの駐車場に向かった。

「話は車の中で……」そう言われ彼の車の助手席に乗り込んだのだが、副社長の話は私を困惑させるものだった。

「見合いを断りたいのでこのまま婚約者の振りをして欲しい」

穏やかな口調で切り出した副社長にすかさず無理だと伝えるも、彼は私の返事を無視して話を続ける。

「君を婚約者だと皆の前で宣言した後、父に別室に呼ばれてね、小言を言われたよ」

「あ……私のせいで、すみません」

「いや、あれは俺の判断で勝手にやったことだ。君にはなんの責任もない。そのことに関しては気にしないでくれ」

「でも、篠崎コーポレーションの副社長だったなんて……私、全然知らなくて、本当に失礼しました」

親会社の副社長の顔も知らないなんて子会社の社員失格だ。

恐縮しつつ頭を下げると彼が小さく首を振る。

「俺は最近、日本に戻ってきて副社長になったばかりだから知らなくて当然だ。しかし君が子会社の社員とはな……こんな形で再会したということは、俺と君は縁があるのかもしれない」

一般庶民の代表みたいな私が大企業の副社長と縁なんてあるわけがない。

「め、滅相もない。偶然です」

「そうかな？　出会いは偶然でも、二度目は必然かもしれない」

それ、どういう意味だろう……？

戸惑いつつ彼の横顔を覗き見ると「君と再会したから決断できたのかもしれない」と付け加えた。

ますます意味が分からない。

「なんの決断ですか？」

「父に逆らうという決断だ。記憶にある限り、俺は今までただの一度も父に逆らったことがない。今日、見合いの件で初めて父に逆らった」

彼のお見合いの相手は、篠崎コーポレーションの社長が若い頃にお世話になった恩人のお孫さんで断るわけにはいかないと強く言われたそうだ。それでも副社長は見合いはしないと突っぱねたのだと。

「篠崎家では、家長に逆らうことは許されない。そんなこともあって父から初めて見合いの話があると聞かされた時は、その話を受けるつもりでいた」

副社長の言葉を聞き頭に浮かんだのは、彼の妹さんの顔。

そうだ。レストランで初めて篠崎副社長に会った時、妹さんとお見合いのことで揉めていたんだ。

「しかし気が変わってね、いくら父が昔世話になった恩人でも、やはり好きでもない女性と結婚はできない」

そっか、副社長は妹さんを選んだんだね。報われない愛でもその愛を貫き通すと決めたんだ。それが正しいかどうかは分からないけど、ふたりが望んでいるならアリなのかもしれない。

「そうですよね。好きな人じゃなかったら結婚なんてできませんよね」

納得して大きく頷くと彼が強い口調で言う。

「とにかく断る理由が必要なんだ」

そういうことか。やっと副社長の考えていることが理解できた。どんなに愛していても相手は妹。公にはできない。そのジレンマに苦しんでいるんだ。

「……頼む。このまま婚約者の振りをしてくれないか?」

篠崎副社長の必死さが伝わってきて胸が痛い。それに彼には助けてもらった恩がある。副社長のおかげで私は皆の前で恥をかかずに済んだんだもの。恩は返さないといけないよね。

迷いはあったけれど、見合い話が白紙になるまでという条件で婚約者の振りをすることを承諾した。

安堵したのか、車に乗って初めて副社長が笑った。とても素敵な笑顔だったが、ついさっき愛を失ったばかりの私には酷な笑顔だった。

こんなにも篠崎副社長に愛されている妹さんが羨ましい……。

随分、遠くまで来ちゃったな……。

気づけば車は高速を下り、海岸線を走っていた。

大きく湾曲した堤防の向こうはどこまでも続く大海原。大小様々な島が点在し、西日を受けた水面がキラキラと輝いている。

「景色のいいところですね。篠崎副社長、この辺りはよく来るのですか？」

妹さんと……と言いかけて慌てて口を噤む。

「いや、当てもなく走っていたらここに辿り着いた。たまたまだよ」

「えっ？　適当に走っていたんですか？」

「ああ、行先を決めずドライブするのもいいものだな。おかげでこんな絶景を見ることができた」

綺麗に整備されたバイパスは車が殆ど走っていない。まるで私達専用の道路のようだ。

「そうですね。実は私、海が大好きなんです」

私がそう言った直後、車が減速し、少し開けた場所に停車する。

「もうすぐ日暮れだ。それまで見ていくといい」

お言葉に甘えてシートベルトを外し、リラックスした状態で夕日に染まる美しい海を眺めていたのだけれど、辺りが徐々に暗くなってくると無性に寂しくなり、自然に涙が溢れ景色が滲み始めた。

脳裏を去来するのは、初めて愛した人との楽しかった日々。

つい数時間前まで冬悟さんの妻になれると思っていたのに……。

これって未練なのかな？　あんな強烈な振られ方をしたのに、私はまだ心の中で彼を求めている……。

そんな自分が許せずギュッと瞼を閉じれば、辛うじて留まっていた涙が音もなく膝の上に零れ落ちる。

その頃には日が落ち、ライトを点けていない車内もかなり暗くなっていたから、泣いていることを隣の副社長に悟られることはないと思っていた。でも……。

「……好きなだけ、泣くといい」

「えっ？」

「我慢などする必要はない。あんな辛い思いをしたんだ。気が済むまで泣けばいい」

そんな優しい言葉をかけられたら……ダメだ。気持ちが抑え切れなくなる。

鎖のように心に巻きついていた体裁や羞恥といった理性が裂断し、厭世的な感情が一気に解放される。気づけば滂沱《ぼうだ》の涙を流していた。

篠崎副社長は何も言わず、泣き続ける私の背中を優しく撫でてくれている。副社長にこんなことをさせて申し訳ないという気持ちはあったが、溢れ出した涙は止まらない。

泣いている時にこんなに優しくされたの、初めてかもしれない。冬悟さんは私が泣くと凄くイヤな顔をして不機嫌になっていたもの。

それからどのくらい泣いていたのだろう。フロントガラスから見えるのは瞬く無数の星とまん丸のお月様。月明かりの中、魂が震えるくらい号泣した私は腫れあがった濡れた目で篠崎副社長を見上げた。

「篠崎副社長に……お願いが……あります」

実は、泣きながらずっと考えていたことがあったのだ。でも、どんなに考えても答えは出なかった。彼なら、大人の篠崎副社長ならその答えを知っているかもしれない。

「なんだ？」

「冬悟さんを吹っ切る方法を教えてください。どうやったら未練を断ち切ることができますか？」

縋る私の頬を副社長がゆっくり撫でる。

「俺にはひとつの方法しか思い浮かばない。しかしこれは結構な荒療治だ」

「構いません。教えてください」

少しの沈黙の後、彼は私の目を真っすぐ見つめ口を開いた。

「それは……他の男に抱かれること」

まさか副社長の口からそんな言葉が出るとは思わなかったから動揺して言葉を失う。

だから、私の周りに冬悟さんを忘れさせてくれるような男は居るのかと聞かれても、まともに返事ができなかった。

「……愚問だな。普通はそんなヤツ、居ないよな」

「ああ……は、はい……」

さっきまでの勢いはどこへやら。オドオドしながら視線を泳がせていると、突然腕を引っ張られ広い胸に引き寄せられた。

「……俺ならどうだ？」

「えっ……」

「俺がその相手になって大島冬悟を忘れさせてやると言ったら、どうする？」

ど、どういうこと？　まさか、本気じゃない……よね？　そうだよ。篠崎コーポレーションの副社長がそんなことを言うわけがない。

「悪い冗談はやめてください」

力を込めて篠崎副社長の胸を押すも、彼は一層強く私の体を抱き締めた。

「冗談でこんなことが言えるわけがないだろ？　俺は本気だ」

まだ会ったばかりでよく知らない人にそんなことを言われたら、不快に思って警戒するのが普通だ。でも、副社長に抱き締められても全然イヤじゃない。むしろ癒されホッとする。そう、初めて彼と会った時からそうだった。副社長には人の心に安寧をもたらす不思議な力がある。

なんとも言えない安心感に包まれ無意識に瞼を閉じると、自信に満ちた声が聞こえてきた。

「——絶対に後悔はさせない」

あっ……。

熱い何かが胸を貫き、一瞬呼吸が止まる。

彼は私の体を解放すると素早くシートベルトを装着し、返事を待つことなく車のエンジンをかけた。そして来た方向ではなく、反対側の岬の方へとハンドルを切る。

そこからは私達の間に会話はなかった。こんな状況になったことがないから何を話したらいいか分からなかったし、他の話題を持ち出す余裕もない。だから黙って必死に考えていた。

篠崎副社長の言っていることは本当なんだろうか？　他の男性に抱かれれば、この心の傷は癒えるの？

でも、考えれば考えるほど頭の中が混乱してネガティブ思考になっていく。

仮に副社長に抱かれたとして、なんの効果もなかったら……心の傷は更に深くなり、それこそ立ち直れなくなる。

恋愛感情のない人に抱かれること＝過ちを犯すこと、のように思え、身震いするほど怖かった。でもその反面、副社長の言っていることが正しかったらと考えると気持ちが大きく揺れ、決断できない。

気づけば車は岬の近くまで来ていて、その先端にはいくつもの明かりと白亜の建物が見える。車のライトに照らされた案内板には『会員制リゾートホテル　シーサイド・ディア』と書かれていた。

「君の気持ち次第だ。どうする？」

答えを迫られいよいよ追い詰められた。

このまま引き返し、時が経って冬悟さんを忘れるのを待つか、それとも篠崎副社長を信じて彼に抱かれるか……。

おそらく何時間考えても自分では答えは出せない。ならば、彼の次の答えに賭けてみよう。

「本当に……忘れさせてくれますか？」

「言ったはずだ。絶対に後悔はさせないと……俺を信じろ」

その力強い一言で私の気持ちは決まった。

一度だけ。そう、一度だけだ……この人の言葉を信じてみよう。


私達が案内されたのは、最上階にあるオーシャンビューのロイヤルスイート。

このホテルは会員制でビジターは宿泊できないということだったが、篠崎副社長が持っていたブラックカードを使用すれば準会員扱いになるそうで、たまたまひとつだけ空いていたこの部屋に通されたのだ。

部屋は淡いブルーと白を基調とした広々とした洋室。シーサイドということもあり、海を臨む窓は想像以上に大きく、ベッド横のガラス扉の向こうには露天風呂も見える。中でも一番私を驚かせたのは、キングサイズのベッドとその位置だ。ベッドが配置されている場所は大きな窓のすぐ前。ベッドに寝たまま美しい海を眺めることができるようになっている。

こんな豪華で贅沢なホテル、初めて……。

「シャワーを浴びておいで。なんなら、そこの露天風呂でもいいよ」

その言葉で現実に引き戻され、ここに来た目的を思い出す。

「い、いえ、シャワーで結構です」

そうだ。私達は恋人同士じゃない。私は過去を忘れる為にここに来たんだ。ある意味、これは儀式のようなもの。

バスルームに駆け込むと、ここから先は何も考えないようにしようと決め、無理やり思考を停止した。でも、私がバスルームから出て篠崎副社長がシャワーを浴びに行くと途端に狼狽してバスローブの下の胸が早鐘を打つ。

あぁ……口から心臓が飛び出そう。

ベッドの隅にちょこんと座り、震える体を抱き締めていると後ろのドアが開く音がして大理石の床の上を歩くスリッパの足音が近づいてくる。そして……。

「穂乃果……」

低く掠れた声に名前を呼ばれた次の瞬間、後ろから強く抱き締められ、不意を突かれた私の体がビクッと跳ね上がる。

「震えてる……俺が怖いか？」

「い、いえ、大丈夫です」

副社長は私の肩に顎を乗せ、軽く頬ずりすると「はぁ……っ」と熱い息を吐き出した。

その悩ましげな吐息と一緒に、まだ少し湿っている副社長の髪から彼には似合わない甘いトリートメントの香りが漂ってきて、そのギャップにキュンとする。

今からこの甘い香りがする篠崎副社長に抱かれるのだと思うと頬が熱く火照り、胸が疼くのを感じた。

その時、副社長が私の耳元で「キスは？　イヤじゃない？」と囁く。しかし私はその言葉の意味が分からず、首を傾げる。

「あの、それはどういう……」

「体は許してもキスはしたくない……そう思っているんじゃないかと思ってね」

あ……そういうことか。篠崎副社長は私を気遣ってくれているんだ。

「それと、必ず避妊はする。だから君は何も心配せず、安心して好きなだけ感じてくれればいい」

好きなだけ感じてくれればいいだなんて、副社長の言葉はいちいち私をドキドキさせる。けれど、その甘い言葉より私を驚かせたのは、こちらが何も言わなくても自ら進んで避妊をすると言ってくれたこと。

冬悟さんはいつも避妊を嫌がって自分の快楽を優先していた。私が頼み込んでようやく応じてくれていたのだ。男の人は皆そうなのだと思っていたのに、副社長はそれが最低限のマナーで普通のことだと言う。

「普通……なのですか？」

「相手の女性を大切に想っているなら当然だ。普通のことだよ」

その言葉が私と冬悟さんの関係を明確にした。

あぁ、そういうことか。冬悟さんにとって私は普通以下の女だったんだ。愛されていたと思っていたのは私の妄想で初めから愛など存在しなかった……。どうでもいい女だから私がプレゼントしたスーツを着て他の女性と婚約発表ができたし、平気で愛人になれなんて言えたんだ。

深く納得した瞬間、ふっと体の力が抜け、もう後戻りはしないと強く思う。

「構いません。キス……してください」

覚悟を察した彼が真っ白なシーツの上に私を静かに寝かせ、切れ長の目を細める。

「キスする前に教えてくれるか？　君のフルネームを」

下の名前はホテルの廊下で奈美恵が〝穂乃果〟と呼んでいたから分かったが、苗字はまだ聞いていないとくすりと笑う。

「あ、相良です。相良穂乃果」

「相良穂乃果か……いい名だ」

私の頬を撫で頷くと、ゆっくり顔を近づけてきた。

「気が変わったらいつでも言ってくれ。すぐにやめるから……」

どこまでも優しい人。あなたとなら、きっと大丈夫。

重なった唇はとっても温かく、その温もりが傷ついて崩壊寸前だった私の心を優しく癒していく。

こんなに時間をかけ、大切に抱かれたのも初めてだ……。

そして全てを解放し、彼を受け入れた時、得も言われぬ高揚感に体が痺れ、今まで経験したことのない快感が全身に広がっていくのを感じた。

こんなの知らない。これが男の人に抱かれるってことなの？

この二年間、数え切れないくらい冬悟さんに抱かれたけど、こんなにも我を忘れ求めたことはない。

断続的に与えられる甘い刺激に頭の中が真っ白になり、何も考えられなくなる。

私の中の熱い彼が心の隅に残っていた負の感情を一気に浄化し、跡形もなく消し去ってくれたのだ。

後悔など微塵も感じない。あるのは感謝だけ。だって、この交わりで私は救われたのだから……。


朝、目を覚ました時、篠崎副社長は私の体を抱き締めてくれていた。

まだ甘い香りがする彼の髪に触れ、苦笑いをしながら心の中で呟く。

こんなに優しくされたら誤解しちゃうよ。

でも、昨夜は恥ずかしくて明かりを絞ってもらったからよく見えなかったけど、副社長の体は見惚れてしまうくらい逞しく、美しい。

ほどよい厚みがある硬い胸板。綺麗に割れた腹筋。きめ細かく滑らかな肌は羨ましいくらい艶々だ。そして無防備な寝顔が妙に可愛い。

ヤダ……私ったら何考えてるの？　篠崎副社長は私のことが好きで抱いたわけじゃないのに……。

そう自分を戒めた時、私は大切なことを忘れていたことに気づく。

昨夜は自分のことで頭がいっぱいだったからすっかり忘れていたけど、篠崎副社長には愛する女性が居たんだ。なのに、私とこんなことになって……。

妹さんの顔が浮かび、彼に抱かれたことを初めて後悔した。

これって、やっぱり浮気になるんだよね？　あぁ……どうしよう。

副社長から離れなくてはと焦り、ベッドに座ったままズルズルと後ろに下がっていると……。

「わわっ！」

ドスンと大きな音がして気づけばベッド下の床に大の字になって倒れていた。

「いったーい」

強打したお尻を擦りながら体を起こすと、視線の先にはキョトンとした副社長の顔が……。

しまった。起こしちゃった。

「何やってんだ？」

「あわわ……なんか、落ちちゃって……」

しかし彼は私の失態をちっとも驚いていない。それどころか「やっぱり落ちたか」と納得の表情だ。

「君の寝相は尋常じゃなかったからな。このままでは危ないと思って抱き締めて動きを封じたんだが……そうか、落ちたか」

「えっ！　私の寝相ってそんなに悪かったんですか？」

知らない。知らない。そんなの初めて言われた。てか、抱き締めてくれていたのは、それが理由？

「夜中に何度も蹴られ殴られ、まるで格闘技をしているような気分だったよ」

嘘……私、篠崎副社長を殴って蹴っ飛ばしたの？

慌てて立ち上がって何度も頭を下げ謝っていると、なぜか副社長がニンマリと笑う。

「朝から刺激的だな。いい眺めだ」

そう言われ、自分が全裸だということに気がついた。

「ひーっ！」

血相を変えて叫んだ後、ベッドの陰に隠れるようにしゃがみ込む。

見られた。明るいところでバッチリ裸を見られちゃった。

恥ずかしくてベッドの縁から目だけを出して様子を窺うと、篠崎副社長が寝起きとは思えない爽やかな笑顔で言う。

「自信を持っていいよ」

「えっ？」

「君は小柄で痩せているが、スタイルはいい。胸は想像以上に大きかったし、くびれもちゃんとある。とても綺麗で魅力的な体だよ」

嘘……褒められちゃった。

嬉しくて顔が綻ぶも、それ以上に恥ずかしくて立ち上がることができない。すると、彼がこちらに背を向けてヘッドボードに置いてあった自分のスマホに手を伸ばした。

今がチャンスとばかりに、掛け布団の上で丸まっている昨夜私が着ていたバスローブを手繰り寄せる。その時、副社長の「参ったなぁ……」という小さな声が聞こえた。

実は私、視力だけは抜群にいい。そんなだから、副社長のスマホの画面がはっきりくっきり見えてしまったのだ。

表示されていたのは着信履歴。並んでいたのは全て〝篠崎エミリ〟という女性の名前。

篠崎副社長と初めて会った時、彼は妹さんのことを〝エミリ〟と呼んでいた。

副社長は気怠そうに体を起こすと、スマホの画面をタップする。

「……あ、俺だ。んっ？　婚約者？　あぁ、父さんに聞いたのか……そんなに怒るな。見合いを断れと言ったのは、お前だぞ」

間違いない。電話の相手は妹さんだ。

「昨日はパーティーがあったホテルでたまたま大学時代の友人と会って朝まで飲んでいたんだ。……バカ、男だよ」

一緒に居るのは男だと偽り笑っている彼を見て、なぜか胸に激しい痛みが走った。この感情って、もしかして……嫉妬？　ヤ、ヤダ。どうして私が妹さんに嫉妬しなきゃいけないの？　そもそも私と篠崎副社長の間に恋愛感情なんてないんだから。

彼がお見合いを断る為に私に婚約者の振りをしてくれと言ったのは、妹さんとの愛を貫こうと決めたから。彼が愛しているのはあの綺麗な妹さんなんだ。ここで私と一夜を共にしたのは、冬悟さんを忘れさせようとしてくれただけ。言わば人助けのようなもの。

それが分かっていても驚くほど心が乱れて凄く寂しい……。

ホテルの二階にあるレストランで朝食を終え、チェックアウトした私達は眩しい陽光を受けながらバイパスを走っていた。

朝日に輝く海もとっても綺麗だけれど、昨日ほどの感動はない。それはきっと、他のことで頭がいっぱいだったから。

私はまだ、さっきの電話のことを気にしていた。

妹さんに悪いことをしたと思う反面、篠崎副社長ともっと一緒に居たいと願っている自分が居る。冬悟さんのことがあんなに好きだったのに、今は自分を優しく抱いてくれた篠崎副社長のことしか考えられない。人の気持ちって、こんなに簡単に切り替わるものなのかな？

そうなることを望んでいたはずなのになんだか凄く罪深いことのように思え、心の中が罪悪感でいっぱいになる。

助手席の窓から波の穏やかな湾を眺めてため息をついた時、隣から彼の声が聞こえてきた。

「なんだか元気がないね。もしかして……大島冬悟をまだ吹っ切れてないとか？」

「いえ、彼のことは……ちゃんと吹っ切れました」

「ならいいが……他に何か心配ごとでも？」

心配ごとというより、これは恐れ。自分の気持ちが篠崎副社長に傾いていくのが無性に怖かった。でもそれを本人に言えるわけもなく、首を横に振って再び車窓の外へと視線を向ける。

「心配ごとなんて……ありません」

少し強い口調で返すと彼はそれ以上何も言わなかったが、そうなると今度は怒らせてしまったのではと不安になってくる。

突然の沈黙は居心地が悪く、逃げ出したい気分だった。

それから数分後、海が見えなくなって景色が一変した時のこと。篠崎副社長が沈黙を破り口を開く。

「実は、君に話していないことがある」

「えっ？」

思わず声を上げ、副社長の方に顔を向けるも彼は私を一切見ず、前を向いたまま淡々とした口調で話し出す。

「三日前のことだ。大島冬悟が社長就任発表のパーティーで婚約発表をすることになったと本社の父のところに報告に来たんだ」

「冬悟さんが？」

「ああ、俺もたまたま用事で社長室に居てね。父と一緒に彼から報告を受けた」

篠崎副社長は事前にあのパーティーで冬悟さんが婚約発表をするって知っていた。

「大島貿易の専務は女癖が悪いという噂は聞いたことがあったが、父の耳にも入っていたようで『結婚するなら身辺を綺麗にして問題のないように』と助言していた。すると大島冬悟は、大人の付き合いをしている女性は何人か居るが、それはただの遊び。問題はないと笑っていたよ」

「えっ、ちょっと待ってください。冬悟さんには、私や婚約者以外にも付き合っていた女性が居たんですか？」

「……の、ようだな」

もう関係のない人だと思っていても、あまり気分のいい話ではない。

「そしてあの男はこうも言っていた。自分の誕生日を祝いたいと言ってきた女が居たが、キッパリ断ってその日は婚約者と過ごしたってね」

「あ……それって……」

そこまで言って唇を噛む。

篠崎副社長に確かめるまでもない。その〝誕生日を祝いたいと言ってきた女〟というのは私だ。

「どうして昨日、そのことを教えてくれなかったんですか？」

そんな決定的な話を聞いていたら、あんなに未練たらしく大泣きなんかしなかったのに……。

しかし副社長の考えは違っていた。彼が昨日、その事実を黙したのは、婚約者の存在を知りショックを受けていた私にこの話はあまりにも酷だと判断したからだと。

「私の為に言えなかった……ということですか？」

「傷口に塩を塗り込むようなものだからな。君の気持ちが落ち着いたら話すつもりだった」

それが、今……。

「あの男から誕生日の件を聞いた時は、まだそれが君のことだとは知らなかったが、そんなことを言う大島冬悟を不快に思ってね。女性を弄ぶような男が子会社の社長になるのかと落胆したよ」

眉を顰める彼の顔を見て、頭の中の霧が一気に晴れたような気がした。

ああ……やっと篠崎副社長の本心が分かった。なぜ篠崎副社長が会ったばかりの私の為にあんな大胆な嘘をついたのか、ずっと不思議に思っていたけど、そういう経緯があったんだね。私がどうのというより、冬悟さんに弄ばれた私を自分の婚約者だと公表することで気に入らない冬悟さんに一泡吹かせてやろうと思った……。

理由が分かってスッキリしたけれど、正直、ショックだった。でも、今ここで彼の本心を知ることができてよかったのかもしれない。これを機に昨夜のことは忘れよう。

彼にキスされたのも、抱かれたのも全て夢……私は夢を見ていたんだ。

——月曜日。

会社に出社すると、先に出社していた部長が血相を変えて駆け寄って来た。

「相良君、君、〝アトランジェ〟っていうカフェ知ってる？」

「あ、はい。このビルの向かいにあるカフェですよね。それが何か？」

部長は辺りを気にしながら声を潜めて言う。

「さっき、君に外線があってね、相手は篠崎コーポレーションの社長の奥さんだった」

「ええっ！　社長の奥さんから？　それで、社長の奥さんはなんて？」

「その〝アトランジェ〟で待っているから来てくれって……でも、相良君が篠崎コーポレーションの副社長とそういう仲だったとはねぇ……パーティー会場で副社長の発表を聞いた時は驚いて腰が抜けそうだったよ」

でしょうね。でも、私の方が部長の何倍も驚いたと思う。本当に腰が抜けたから。

「で、何？　向こうのご家族と上手くいってないの？」

どうやら電話をかけてきた奥さんの機嫌がすこぶる悪かったようで、部長は朝から冷や汗が出たと苦笑している。

「奥さん、怒っていたんですか……」

「そりゃあもう凄い剣幕で……ほら、もう行った方がいい。また電話がかかってきたら厄介だ」

面倒なことには関わりたくないという思いが透けて見える部長に背中を押され、半ば強制的にオフィスから追い出された。

「参ったなぁ……」

社長の奥さんということは、篠崎副社長のお母さんだ。となると、呼び出された理由はひとつしかない。あの婚約発表のことだよね。

カフェの前まで来ると足が止まり、このまま回れ右をして帰りたくなる。でも、篠崎副社長と婚約者の振りをすると約束してしまったのだから逃げるわけにはいかない。

とにかく失礼のないように、第一印象が大切だ。

脳内で軽くイメトレをしてカフェの扉を開けたのだが、店内に足を踏み入れた瞬間、そのイメトレはなんの役にも立たなかったと早々に悟る。

店の奥から「相良穂乃果さんね。ここに来て座りなさい！」という殺気立った怒鳴り声が聞こえてきたのだ。

これは第一印象がどうのというレベルではない。超絶ヤバい状況だ。でも、とても綺麗な人。怒っていなければ気品漂う清楚な女性という印象を持っただろう。切れ長の瞳が篠崎副社長によく似ている。

一礼して緊張気味に彼女の前の席に座ると「どうしてあなたみたいな娘と……」と困惑の表情を見せた。が、すぐに顔を強張らせ、凄い形相で睨んでくる。

「どうやって息子をたぶらかしたの？」

「た、たぶらかす？　私はそんな……」

「息子はね、主人がお世話になった方のお孫さんとお見合いをするはずだったの。でもそれは形だけ。結婚は決まっていたのよ。もちろん息子も納得していたわ。なのに、突然子会社のパーティーで婚約を発表して見合いはしない。結婚相手は自分で決めるなんて言い出して……」

言葉に詰まったお母さんが怒りに震え、唇を噛む。

「もし、あちらの方との縁談が破談になったら、私は主人になんと言って詫びればいいか……とにかく息子とはもう会わないでちょうだい。分かったわね！」

勢いよく立ち上がったお母さんが伝票をクシャリと握り締め、強烈な一言を残し去って行く。

「子会社の社員の分際で……身のほどを弁えなさい」

身のほどを弁えなさいか……。

侮辱に近い言葉だったけれど、不思議と腹は立たなかった。

社長がお世話になった人のお孫さんとの縁談が決まっていたのに、突然私みたいな小娘が現れて破談になりかけているんだ。お母さんが怒るのも無理はない。やっぱり、こんなやり方はよくないのかも……。

私はスマホを取り出し、篠崎副社長にトークアプリでメッセージを送った。

【今、篠崎副社長のお母様とお会いしました。かなりご立腹で別れるよう強く言われました】

するとすぐに【今日、仕事終わりに会えないか?】と返信がくる。

時間と場所を決めスマホをテーブルに置くと脱力して深く項垂れた。

篠崎副社長、ごめんなさい。あなたの恋を応援してあげたいけど、私では上手くいかないような気がする。

篠崎副社長のことを考えると気が重く、仕事中に何度もキーボードを打つ手が止まった。

婚約者の振りをするって約束した時は、こんな深刻な事態になるなんて思っていなかったな……。

奈美恵に全てを打ち明けて相談に乗ってもらおうと思ったけれど、安請け合いした私が悪いと怒られそうだったので何も言えなかった。それに、何かあると奈美恵を頼ってきた自分を少々、反省していたのだ。

私ももういい大人なんだから、自分が蒔いた種は自分で刈り取らないと……。

篠崎副社長と待ち合わせをしたのは、青山《あおやま》のイタリアンレストラン。と言っても、あまり堅苦しさを感じないカジュアルなお店だ。

約束の時間丁度に現れた副社長は私に気づくと軽く片手を上げ、微笑みながら近づいてくる。その笑顔を見た瞬間、なぜか急に彼に抱かれた時の記憶が蘇ってきて恥ずかしさから思わず目を逸らしてしまった。

あれは夢。彼と私の間には何もなかった。そう思うことにしたのに……私ったら、何意識してるの？

自分の気持ちを悟られぬよう、あえて笑顔は作らず真顔で切り出す。

「私なりに色々考えてみましたが、やはりこんな嘘はよくないと思います。お見合いを断るならもっといい方法があるのでは……」

篠崎副社長は先に今朝のお母さんのことを詫びてから静かに聞き返してきた。

「もっといい方法とは？」

「それは……」

偉そうに副社長に意見したけれど、もっといい方法なんて思い浮かばない。

「これが一番いい方法なんだよ」

「でも、私ではお母様は納得してくれません。もっと素敵な女性だったら、もしかしたらお母様も……」

「いや、俺がどんな素晴らしい女性を連れて来ても母は納得しないよ」

篠崎副社長はお母さんに反対されるのは想定内だと笑っている。

「なぜ、私なんですか？」

パーティー会場で篠崎副社長が私を婚約者だと言った時、皆口には出さなかったけど、副社長のお母さんと同じことを思っていたはず。どうして私なんだって……。

「皆の前で宣言した流れで仕方なく……ですか？」

「それは違う。君だから頼んだんだ」

……私、だから？

熱っぽい瞳に見つめられ、心臓の音が徐々に大きくなっていく。

「相良穂乃果じゃなかったら、婚約者の振りをしてくれとは言わなかった」

「えっ……」

その言葉だけでも動揺したのに、副社長は更に予想もしていなかった言葉で私を驚かせる。

「穂乃果のことを本気で好きになったのかもしれないな……」

強い衝撃が脳天を貫き、今日一番の胸の高鳴りを感じた。

彼に〝穂乃果〟と呼ばれたのは、偽りの婚約発表の時を除けば、これが二度目。一度目はあのシーサイドホテルのベッドの上だった。

そんなことを考えるとイヤでも思い出してしまう。

彼のシャワーを浴びたばかりの火照った体。私を強く抱き締めた逞しい腕。そして甘くとろけるような極上のキス……。

私も、あなたのことが……。

心の中がザワザワと波立ち〝好き〟という感情が大波となって押し寄せてくる。

でも、その心の声を言葉にすることはできない。だって、副社長が本当に好きなのは妹さんなのだから。私が婚約者の役を放棄しないよう引き止める為にそんなことを言ったんだよね。

そう思うと、嘘までついて私を思い留まらせようとしている副社長が気の毒になってきた。

「篠崎副社長がどうしてもと言うのなら約束は守ります。でも……心にもないことを言わないでください」

「心にもないこと？」

「それより、心配なことがあります」

私が冬悟さんとの結婚を意識していたということは、冬悟さんも知っている。副社長と私が本当は付き合っていないと気づいているかもしれない。

しかし篠崎副社長は、冬悟さんがそれをバラせば、彼も複数の女性と遊びで付き合っていたということが公になり頭取の娘との結婚が危うくなる。余程のバカでない限り冬悟さんが自分の首を絞めるようなことはしないだろうと余裕の表情だ。

「だったらいいのですが……」

「大島のことより、俺は君の〝心にもない〟という言葉の方が気になるが？」

「それは……冗談はやめてくださいということです。私が本気にしたらどうするんですか？」

わざと明るく言うと、メニューを広げて豪快に笑ってみせる。

副社長、私、知っているんです。あなたが本当に好きな女性《ひと》のことを……だからそんな嘘はつかないで。

＊　＊　＊

朝日が差し込む二階のレストランで朝食を済ませた俺達は、十時前にチェックアウトし、ホテルを後にした。

相良穂乃果が俯き気味に車の助手席に乗り込むと、意識してゆっくりアクセルを踏み込む。

「なんだか元気がないね。もしかして……大島冬悟をまだ吹っ切れてないとか？」

「いえ、彼のことは……ちゃんと吹っ切れました」

その言葉に嘘はないだろう。昨夜、全てが終わった後、彼女は淀みのない綺麗な瞳で俺を見つめ『もう大丈夫です』と清々しい笑みを浮かべていた。

「ならいいが……他に何か心配ごとでも？」

「心配ごとなんて……ありません」

しかし今、隣で首を横に振った彼女は俺から目を逸らし、車窓の外へと視線を向ける。

どう考えても妙だ。いや、妙なのは俺も同じか……。昨日からの俺の行動は自分でも驚くほど、どうかしていた。

始まりは、パーティー会場での偽りの婚約発表。相良穂乃果を俺の婚約者だと宣言した時からだ。

パーティー会場に入ろうとして彼女とぶつかった時、すぐにホテルのフレンチレストランで会った娘だと分かった。あの時の彼女は恋人に散々待たされたあげく待ちぼうけを食らっても『私は幸せです』と眩しい笑顔を見せていた。

一途で健気な娘。俺の周りには居ないタイプだ。それが彼女の第一印象だった。

しかし昨日の彼女は別人のように悲壮感が漂っていた。そして澄んだ大きな瞳から零れ落ちる涙を見た瞬間、説明できない何かが俺の胸を強く締め付けた。

その涙の理由が大島冬悟だったとは……。

気づけば、相良穂乃果の手を引き、パーティー会場に入っていた。婚約者だと紹介したのは彼女を助けてやりたいという思いからだったが、彼女の名を呼んだ時、ある思いが頭を掠める。

——人生を共にする相手は自分で決めたい……。

まさか自分がそんな気持ちになるとはな。

今までこちらからアプローチをしなくても言い寄ってくる女は数多《あまた》居た。中には魅力的な女性も居て付き合ったこともあったが、暫くすると『仕事と私、どっちが大事なの？』というお決まりの言葉を吐かれ激しい束縛が始まる。そうなると一気に気持ちが萎えてしまい、結局、どの女性とも長続きはしなかった。

俺は恋愛に向いていない——そんな結論に達し、ならば、父親が勧める女性と結婚し、親孝行ができればそれでいいと考えるようになる。しかし本心は違っていた。俺は、自分が置かれている状況から抜け出したいと思っていたのかもしれない。この歳になってその気持ちに気づくとはな……。

そのきっかけを作ってくれたのが、今、俺の隣に居る相良穂乃果だ。

もう引き返せないと思った俺は見合いを断る為、彼女にこのまま婚約者の振りをしてくれと頼んだ。

そんな無謀なことをまだ会って間もない彼女に頼んだこと自体、どうかしている。そして自分でも一番理解できないのが、彼女が大島冬悟を忘れる方法を教えて欲しいと未練の涙を流した時、他の男に抱かれれば忘れられる……などと、なんの根拠もないことを言ったことだ。更に『絶対に後悔はさせない』と断言して彼女を抱いた——。

普段なら、子会社の社員に手を出すなんてことは絶対にあり得ない。本当にどうかしている。しかし彼女を抱いた後、気づいたことがあった。

初めて自分に好意を持っていない女を抱いたのに、体も、そして心も満たされていたのだ。そして無邪気な顔で眠る彼女が無性に愛おしく思え、彼女を抱き締めて眠った。『あんな男のことは忘れろ』と耳元で囁きながら……。

今思えば、ホテルのレストランで初めて相良穂乃果を見た時から気になっていたのかもしれない……。

「——実は、君に話していないことがある」

ずっと窓の外を眺めていた彼女が「えっ？」と声を上げ、こちらに顔を向ける。

このことを話すべきか否か、随分迷った。これ以上、彼女を傷付けてなんになるという思いがあったからだ。しかしこれは彼女が大島冬悟と付き合っていた時のこと。彼女には知る権利がある。やはり黙っているわけにはいかないか……。

三日前に大島冬悟が本社の父のところに来た時のことを話し、俺達が出会った日、大島冬悟が誰と一緒に居たか分かった瞬間、相良穂乃果は悲しそうに唇を噛んだ。

「どうして昨日、そのことを教えてくれなかったんですか？」

そう聞く彼女に「君の気持ちが落ち着いたら話すつもりだった」と正直な気持ちを伝えた。しかし俺のその発言を境に相良穂乃果は言葉少なになり、終始窓の外を眺めていた。

昨日の今日だ。この話をするのはまだ早かったか……。

自分の判断が間違っていたのではと心配したが、彼女のマンションの前に到着すると、ようやく笑顔を見せる。

「私のせいで大切な休日を潰してしまって申し訳ありませんでした。色々有難うございます」

「いや、俺の方こそ勝手に連れ回して無理な頼みを聞いてもらったからね。すまなかった」

その後、お互いの連絡先を交換し、彼女がマンションの玄関に入ったのを確認して車を発進させた。

ひとりになった車内で考えていたのは、さっきまで隣に居た相良穂乃果のこと。

「あんな娘は初めてだ……」

大抵の女は一線を越えると急に態度が変わり恋人気取りになる。しかし彼女はどこまでも他人行儀だ。まぁ、彼女の場合、好きで抱かれたわけではないからな……。

自分と彼女が肌を重ねた経緯を思い浮かべ、苦笑するとアクセルを強く踏み込んだ。

3　明らかになった過去と真実

あれから篠崎副社長のお母さんからの呼び出しはなく、電話もかかってこない。代わりに副社長から頻繁に食事に誘われるようになった。

彼は、婚約しているのだからデートするのは当然だなんて言うけど、私達は本当に婚約しているわけじゃない。そこまでする必要はないのではと疑問に思ってしまう。いや、疑問だけじゃない。私はかなり困惑していた。

「篠崎副社長、行きつけのお寿司屋さんって、ここですか？」

「ああ、この店は父とよく来るんだ」

彼が常連だと言うお寿司屋さんは銀座の一等地にある一日、三組しか予約を取らない高級寿司店。

「あの、私、普通のお寿司屋さんでよかったんですが……」

「普通とは？」

「回っているところです」

プッと吹き出した彼がのれんを上げ、私の背中を押す。

「ご期待に沿えなくて申し訳ない。しかしもう予約を入れてしまったからね。今日はここで我慢してくれ」

「あっ……そういう意味では……」

「それより、分かっているね。君は俺の婚約者。店内では篠崎副社長ではなく、右京と呼んでくれ」

ああ……なるほど。これは彼の作戦。副社長は家族とよく訪れる店に私を連れて行き、婚約者の振りをさせて社長とお母さんにプレッシャーをかけようとしているんだ。

「大将、今日は俺の婚約者を連れて来たよ」

「そちらの女性が右京君の婚約者？　とてもお綺麗な方ですねぇ」

「俺が惚れた女性だからね、容姿だけじゃなく、全てにおいて完璧な女性だよ」

私のどこが完璧なの？　それはいくらなんでも言い過ぎだ。

すかさず心の中で突っ込みを入れるが、副社長のお惚気は止まらない。それがお芝居だと分かっていても本当の恋人のように接してくる副社長に気持ちが乱れる。

私が困惑していた理由は、篠崎副社長に会う度、彼に魅かれていっていると実感していたから。

あのシーサイドホテルでの出来事は夢だった……そう思うことにしたのに、ほぼ毎日のように顔を合わせていると夢だと思う暇もない。

ダメなのに……篠崎副社長を好きになっちゃいけないのに……。

胸中では激しい葛藤が続いていたけど、今は自分の役目を全うしなければという強い使命感から努めて明るく振舞い幸せそうな婚約者を演じていた。

そして談笑しながらふと隣の副社長に視線を向けると、出されたお寿司を美味しそうに頬張っている姿が目に入る。

なるほど、高級店では手で食べるのか……。

手に持った箸を箸置きに戻すと私の目の前に鮑の握りが置かれた。正直、貝類はあまり好みではない。ほんの少し躊躇して手が止まる。

でも、食べないと失礼だよね。

副社長を真似て指で鮑の握りを摘まんだのだが、その時、とっても残念な言葉が聞こえてきた。

「俺は鮑が好物でね」

もう三秒早くそう言ってくれれば、この鮑を食べてもらったのに……。

握りを手にしたまま苦笑し、それを口に運ぼうとした時、カウンターの向こうに居る大将が私達に背を向けた。そのほんの一瞬の隙を突き、副社長が私の手首を掴んで摘まんでいた鮑の握りをパクッと食べたのだ。

当然、寿司を摘まんでいた私の指も彼の口の中。

えっ？　な、何？

口腔内の温もりを感じた指がビクッと反応し、頬が熱を持つ。

突然の出来事に慌てふためくも副社長はくすりと笑い私の耳元に顔を近づけてきた。

「今度、苦手なネタが出たら目で合図して。俺が食べるから」

あんな微かな反応で鮑が苦手だって分かったんだ……。

その鋭い観察力に感服したのと同時に、ちょっと大胆過ぎる優しさにまた私の心は激しく乱れた。

篠崎副社長の優しさに触れる度、私の中で彼の存在がどんどん大きくなっていく。

もう……無理だ。引き返せなくなる前に決断しないと……。

これ以上気持ちが進むのを恐れた私は、別れ際、篠崎副社長にこう告げる。

「お見合いを断りたいと思っているのなら、私と会うよりお父様を説得した方が早いと思います」

これでもうお誘いはないと思っていたのに、翌日、今度はなんの連絡もなく篠崎副社長が大島貿易にやって来たのだ。

名目上は子会社の視察ということらしいが、なら、どうして営業部や販売部じゃなく総務部に居るの？

きっと総務部全員がそう思っている。でも、誰ひとりその疑問を口にする人は居ない。オフィス内は妙な緊張感が漂い、いつもコーヒー片手にお喋りしている同僚達も背筋を伸ばし真剣な表情でパソコンに向かっている。

「ねぇ、穂乃果、さっきから篠崎副社長がずっとこっち見てるよ」

隣のデスクの奈美恵が私のベストの裾を引っ張り目配せしてくるけど、それが分かっているから顔を上げられない。

気の毒なのは篠崎副社長にデスクを占領されている部長だ。予期せぬ副社長の来訪に右往左往して大汗をかいている。

「あの～篠崎副社長、そろそろ社長室にご案内致しますので……」

「いや、その必要はない。今日、ここに来ることは大島社長には伝えてないからね」

「では、どのようなご用件で？」

すっくと立ち上がった彼がこちらに向かって歩いて来る。そして私の肩に手を置き、満面の笑みで言う。

「少し時間が空いたので穂乃果の仕事ぶりを見てみたいと思ったんだよ」

えっ？　それだけの為に三十分も居座っていたの？

総務部全員が仰天して固まる中、篠崎副社長は涼しい顔で部長を手招きした。

「仕事中に悪いが、穂乃果を少し借りてもいいかな？」

「は、はいっ！　お好きなだけどうぞ」

これ幸いとばかりに私の背中を押す部長。一刻も早く副社長に出て行ってもらいたいのだろう。

「すみません。では、少しだけ席を外します」

恐縮しつつ頭を下げ、皆の視線を感じながらオフィスを出た。

もぉ～なんでこうなるの？　めっちゃ気まずいんだけど……。

廊下に誰も居ないことを確認した後、呑気に笑っている篠崎副社長に向かって迷惑だとはっきり伝える。だが、彼は笑顔のまま私の頭をクシャリと撫でた。

「食事に誘うなと言われてしまったからね。君に会うにはここに来るしかないだろ？」

まるで本当の恋人に言うような台詞。篠崎副社長はどうして私を惑わすようなことばかり言うの？　こんなことが続いたら自分の精神がもたない。

「すみません、やはり、もうこれ以上は……」

協力はできないと言おうとしたのだが、彼が私の言葉を遮り意外なことを言う。

「昨夜、あれから両親と話をした。見合いの話はなくなったよ」

「えっ？　本当ですか？」

「ああ、本当は今日の夜にでも君に電話しようと思ったんだが、なるべく早く直接会って伝えたいと思ってね」

だったらなぜ、来た時にすぐ教えてくれなかったの？

詰め寄り問うと、副社長はまた、仕事をしている私の姿に見惚れてしまった……だなんて恋人みたいなことを言う。でも、これで解放されると思うとそんな意味深な言葉も余裕で聞き流すことができた。

もう婚約者の振りをして彼と会わなくてもいいんだ。好きになっても自分が不幸になるだけだもの。もう辛い思いをするのはイヤ。

気持ちが完全に副社長に向く前に決着できたことが嬉しくて安堵の息を吐く。

どうか、妹さんとお幸せに……心の底からそう願ったのだが……。

「明日、相良穂乃果さんを家に連れてくるようにと父に言われてね……」

「はぁ？」

「明日、仕事が終わったら俺の家に来て欲しい」

「ちょちょちょ……ちょっと待ってください！」

篠崎副社長の家に行ってご両親と会うなんて、そんなの聞いてないし、絶対に無理。

「もうお見合いをしなくていいのですから私とは別れたということにしてはどうでしょう?」

しかし私の提案は速攻で却下される。

「今、君と別れたということになれば、また見合いの話が復活するかもしれない。なあに、ちょっと顔を出して両親に挨拶してくれればそれでいい。宜しく頼む」

「そんなぁ……」


──昼休み。

会社が入るビルから少し離れた場所にあるお蕎麦屋さんで、ざる蕎麦を豪快にすすっていた奈美恵が目をひん剝いて私を凝視する。

「で、婚約者の振りをして篠崎コーポレーションの社長に会うことになったんだ」

「うん……できるものなら今すぐ姿をくらまして逃亡したい気分。ねぇ、やっぱ、行かなきゃマズいかな?」

一度は奈美恵に頼らず自分ひとりで解決しようと決意したのに、こうなるとさすがにどうしていいか分からず、結局泣きついてしまった。が、思った通り、奈美恵は、婚約者の振りをすると約束した時点でそういう流れになることは分かっていたはずだ。なんてつれないことを言って再び蕎麦をすすり始める。

「それより、私は穂乃果と篠崎副社長が寝たってことがショックだよ」

あの日のことは親友の奈美恵にもなかなか言えず、全てを話した後、最後にカミングアウトした。

そのことを知った奈美恵は野太い声で雄叫びを上げ、あの夜のことを詳しく話せと凄んできた。

「それで、篠崎副社長ってベッドではどんな感じだったの？　ああいうクールなタイプって、意外と激しかったりするんだよね～」

奈美恵は私の相談を完全スルー。ひとり妄想にふけり気味の悪い薄ら笑いを浮かべている。

「……よだれ、垂れてるけど。変なこと想像してないで真剣に考えてよ」

「おっと、こりゃ失敬！」

奈美恵は茶化すようにふふっと笑い、蕎麦を咀嚼しながらとんでもないことを言い出した。

「これも何かのご縁。本当に婚約しちゃえば？　そんでもって副社長夫人になって、女たらしの大島社長を顎でこき使ってやるの。私ならそうするね」

「それ、本気で言ってるの？」

「当たり前じゃない。それに、穂乃果を見る篠崎副社長のあの目……あれは間違いなく惚れてる目だね。きっかけは大島社長に振られた穂乃果への同情だったかもしれないけど、男と女は分からないからねぇ〜。時間が経つにつれ嘘が真になったってことじゃない？」

奈美恵は本当のことを知らないから勘違いしているんだ……このことは黙っていようと思ったけど、言わないと分かってもらえないか……。

「あのね、奈美恵……篠崎副社長には心に決めた女性が居るの。でもそれは誰にも言えない禁断の愛」

「……禁断？」

奈美恵の動きがピタリと止まって目の色が変わる。私は真顔で絶対に他言はしないでと念を押し、真実を告げた。

「嘘……あの篠崎副社長が……自分の妹と？」

「だから私を婚約者にしてお見合いを断りたかったんだよ。彼はそのことを決して口にしないけど、辛いと思う。そういうわけだから副社長が私を好きだなんてあり得ないの。分かった？」

事情を理解した奈美恵がこくりと頷くも、すぐに不思議そうに首を傾げる。

「でも、なんか引っかかるなぁ……そんなに妹さんのことが好きなのに、どうして穂乃果とエッチしたんだろう？　これも一応、浮気……だよね？」

それは私も疑問に思っていた。

篠崎副社長、あなたはどうして私を抱いたの……？


午後七時。副社長と待ち合わせて彼の車で篠崎家に向かう。

結局、逃げることも姿をくらますこともできなかった。

「あの……本当にご両親はお見合いを断ることを納得してくれたのでしょうか？」

篠崎副社長の言葉を疑うわけじゃないけど、あのお母さんの剣幕からして、そう簡単に諦めるとは思えない。

「もちろん。父が俺の気持ちを分かってくれてね、だから君を両親に会わせることにしたんだ」

「でも、お母様が……」

「なんだ、母のことを気にしていたのか。母は父が決めたことには逆らわない。父がいいと言えばそれに従う。前にも言ったろ？　篠崎家は家長の言うことは絶対。そういう家なんだ」

副社長の話を聞き、お母さんが言っていた言葉を思い出す。

カフェに呼び出された時『あちらの方との縁談が破談になったら、私は主人になんと言って詫びればいいか……』とかなり狼狽していた。今思えば、お見合いが決まっている息子に突然婚約者が現れて驚いているというより、夫の意に沿わない展開になって焦っているって感じだった。ううん、違う。あれは焦りじゃなく怯え。大企業の社長なのだから厳しい人なのだろうとは思っていたけれど、お母さんがあんなに取り乱すってことは、社長はきっと冷酷で鬼みたいな人なんだ。あぁ……やっぱり無理。帰りたい。

すっかり怖気づいて蒼白になっていると、篠崎副社長が私の膝の上に手を置いた。

「もうすぐ着くよ」

スカートの上からでも感じる彼の手の重みと温もりに動揺して鼓動が乱れる。

ヤダ、どうしよう……篠崎副社長に触れられているところが燃えるように熱い。

「え、えっと……篠崎副社長は実家暮らしなんですか？」

動揺を悟られないように話を振った途端、その手は私の膝の上から離れていく。

「ああ、海外勤務が終わって帰国した時、マンションを借りて家を出る予定だったんだが、父に反対されてね」

「それも家長の言うことは絶対……ということですか？」

「そんなところだ」

表情のない横顔が凄く気になった。

裕福な家庭で育ち、今は大企業の副社長。誰もが羨む人生を歩んできたはずなのに、彼は時々凄く寂しそうな目をする。それは、古いしきたりに縛られ自由がないことへの不満？　それとも、思い通りにならない愛のせい？


ほどなく到着した篠崎副社長の家は想像以上に凄かった。

敷地を囲む白壁がどこまでも続き、その先に見えてきたのは時代劇に出てきそうな重厚感漂う瓦葺の門。そしてライトアップされた手入れが行き届いた庭園はべらぼうに広く、とても個人の家の庭とは思えない。

「篠崎副社長、私、川がある庭を初めて見ました」

「あ、そう。滝もあるよ」

「た、滝？」

さすが篠崎コーポレーションの社長の家。とにかくスケールが半端ない。中学の修学旅行で行った京都《きょうと》の有名寺院の庭より凄いかもしれない。

「さぁ、入って」

促され大きな日本家屋の玄関に足を踏み入れた瞬間、更なる衝撃が走った。

わぁ……高級旅館みたい……。

立派な格子組の天井から注ぐ暖色系の光がさり気なく置かれた調度品を優しく照らし、真正面の縦長の窓からは日本画みたいな竹林の中庭が見える。

この段階で圧倒されて足が竦みじんわりと冷や汗が滲む。そして私達を迎えてくれたのが、全身黒ずくめの三十代くらいの背の高いガッチリとした男性。髪は短髪で清潔感があるが、一重の瞳は鋭く冷然とした雰囲気。

「お帰りなさいませ。旦那様がお待ちです」

一礼した男性が先に立ち歩き出すと私達も後に続く。

「あの、あの方は？」

前を行く背中を指差し副社長に小声で訊ねると、さっきの大きな庭を管理している住み込みの庭師さんだそうで、手が空いている時は家の手伝いもしているとか。

「彼は本田智治《ほんだともはる》。智治と俺は高校の同級生でね、色々あって今はウチで働いてもらっているんだ」

「色々？」

「ふふ……智治のことを気にする余裕があるなら大丈夫だな」

「と、とんでもない。余裕なんて……」

そう、余裕なんてあるわけがない。今から婚約者の振りをして副社長のご両親に挨拶しなきゃいけないんだ。口から心臓が飛び出しそうなくらいガチガチに緊張している。

洋間のドアが開いた瞬間、震える手を握り締め深くお辞儀をすると……。

「穂乃果さん、今日は来てくれて有難う。さぁ、こちらに来て座ってちょうだい」

私に罵声を浴びせたお母さんが満面の笑みで迎えてくれたのだ。

「先日は失礼なことを言ってごめんなさいね。急なことで気が動転していたの」

バツが悪そうに苦笑するお母さんは以前会った時とは別人のよう。

機嫌がいいのはお母さんだけじゃない。奥のソファに座っている社長も白い歯を見せ柔らかく微笑んでいる。そして社長の隣には、レトロな花柄のワンピースを着た西洋人形のような可憐な女性の姿が……篠崎副社長の想い人、エミリさんだ。

「改めて紹介するよ。俺の婚約者、相良穂乃果さんだ」

妹さんは私のこと、どう思っているんだろう？

警戒しつつ頭を下げると、エミリさんが身を乗り出して不思議そうに私の顔をジッと見る。

「初めて会ったような気がしないんだけど……どこかでお会いしたかしら？」

私をホテルのエレベーターホールで突き飛ばしたこと覚えてないんだ。

「いえ、初めてお目にかかります」

お母さん達に変に思われないよう咄嗟に初対面の振りをすると、隣に立つ篠崎副社長が「エミリらしいな」と小声で呟き、くすりと笑う。

エミリさんを愛おしそうに見つめ微笑む彼の横顔を直視できず横を向くも確認せずにはいられない。両親の目を盗んで絡み合うふたりの熱い視線を……。

だけど、そこは篠崎副社長も心得ているようで、それからはあまりエミリさんの方は見ず、婚約者の私を気にかけてくれていた。

そうすることでエミリさんとの愛を守ろうとしているんだよね。

彼の想いが手に取るように分かり、苦しくて笑顔が上手く作れない。

その時、本田さんがいい香りのハーブティーを運んできてくれた。全員のティーカップに琥珀色のお茶が注がれると社長が微笑みながら言う。

「せっかくだから一緒に食事でもと思っていたんだが、右京が今日は顔合わせと挨拶だけだと言うので、妻がブレンドしたハーブティーとケーキを用意しました。どうぞ召し上がってください」

篠崎副社長、よく分かっている。食事をしてご両親と長時間一緒に居たらボロが出て怪しまれるかもしれないものね。

「はい。有難うございます」

でも、社長って想像と全然違う。先入観もあって怖い人だと思っていたけど、物腰が柔らかく温厚な紳士って感じだ。とても〝家長の言うことは絶対〟なんて言うような人には見えない。それにお母さんも私を気遣い優しく話しかけてくれる。きっと、これが彼女の本当の姿なのだろう。

素敵な家族だな……でも私、この人達を騙しているんだ……。

そう思うと自責の念に苛まれ胸が痛む。

「すみません、お手洗いをお借りしてもいいですか？」

急に居心地が悪くなり一旦、この場を離れようと篠崎副社長に声をかけたのだが、彼よりエミリさんの方が先に反応した。

「私がご案内するわ」

恐縮しつつエミリさんと一緒に洋間を出た直後のこと。彼女が急に立ち止まり振り返る。

「あなた、偽物……でしょ？」

「えっ……」

「この婚約は兄がお見合いを断る為の嘘。結婚はしないのよね？」

一瞬答えに困るも篠崎副社長からそう聞いているのだろうと思い小さく頷く。すると彼女が零れるような笑顔で私の手を取り嬉しそうに声を弾ませた。

「私も協力するから」

そうだよね。でなきゃ、篠崎副社長の婚約者の私にこんなに優しくしてくれるわけないもの。

それから三十分ほど、お母さんの趣味だというハーブティー作りの話を聞き、頃合いを見て篠崎家を後にした。

「わざわざ送って頂かなくても、タクシーでよかったのに……」

「両親も言っていただろ？　大切な婚約者をひとりで帰すわけにはいかないって」

そう、私を自宅まで送るよう篠崎副社長に強く勧めたのは彼のご両親だ。

「それより、今日はすまなかったね。母の話に付き合ってくれて有難う」

「いえ、疑われず無事役目を果たせてよかったです」

それは嘘偽りのない私の本心。心の底からそう思っていた。でも……。

「篠崎副社長、もうそろそろ許してもらえませんか？」

「許す……とは？」

「約束通り婚約者としてご両親にお会いしました。私としては精一杯のことをしたと思っています。この辺で解放してもらえると有難いのですが……」

既に一杯一杯で精神的に限界だった。

篠崎副社長は私の気持ちに気づいていない。大丈夫。今ならまだ間に合う。

この想いを知られる前にどうしても彼から離れたかった。

しかしいつまで経っても彼から答えは返ってこない。そして返事を聞けないまま私のマンションに到着してしまった。

篠崎副社長はシートに深く体を預け何か考えているようだった。その表情から察するに、納得していないのは明らか。

私を解放するのはまだ早い。時期尚早だと思っているんだ。だけど、ここで引き下がったらまた辛い日々が続く。それにもう、あの優しいご両親を騙すのはイヤ。

絶対に引かないという強い思いで篠崎副社長を凝視したのだが……。

「なぁ、穂乃果……」

真顔で下の名前で呼ばれ視線が泳ぐ。その彷徨っていた視線が再び篠崎副社長を捉えた時、形のいい少し薄い唇から出た言葉が私の心を大きく揺さぶった。

「俺の本当の婚約者になる気はないか？」

好きな人にそんなことを言われて嬉しくないはずがない。だけど、私は彼の本当の気持ちを知っている。だからどうしようもなく悲しい。そしてそんな見え透いた嘘をついてまで強引に引き止めようとする彼が憎いとも思った。

「前にも言ったはずです。心にもないことを言わないでください」

「覚えているよ。以前、確かに君にそう言われたことがあったな。だが、なぜそう思ったのか、君は茶化して答えを濁した。今度こそ本当の理由を聞かせてくれ」

理由はただひとつ。あなたが愛しているのはエミリさんだから……でも、篠崎副社長がその理由を必死に隠し、エミリさんを守ろうとしているのに私から言えるはずがない。

「……言いたくありません」

彼から目を逸らし助手席のドアを開けようとしたのだが、伸びてきた手に肩を掴まれシートに押さえつけられた。

「なぜだ？　君は何を考えている？」

お願いだから、そんな澄んだ瞳で私を見ないで……。

泣きそうになりながら夢中で篠崎副社長の胸を押すも彼は難なく私を抱き締め切なげに息を吐く。

「女性をこんなに愛おしく想ったのは、生まれて初めてだ」

その一言を聞いた瞬間、沸々と怒りが込み上げてきた。

もう、いい加減にして……。

「そんな嘘、聞きたくない！　篠崎副社長は本当に好きな人と結婚できないから世間の目を欺く為に私を利用しているだけ！　そうですよね？」

驚いた副社長が私を離し、意味が分からないと首を振る。

「俺が本当に好きな女？　いったい誰のことを言っているんだ？」

ここまで言ってしまったんだもの。もうどうにでもなれという心境だった。

「篠崎副社長が本当に好きな女性《ひと》は……エミリさんですよね？」

「はぁ？　エミリは俺の妹だぞ」

「だから隠していた。認められない愛だから……」

あぁ……とうとう言ってしまった。でも、これで篠崎副社長も諦めるはず……と思ったが、彼は予想以上に往生際が悪かった。

「おいおい、冗談はやめてくれよ」

「冗談なんかじゃありません！　この耳でちゃんと聞いたんですから」

「ほぅ……なら、その可愛い耳で何を聞いたのか話してくれるか？」

こうなったら、あの時のことを話すしかない。

「私、フレンチレストランで篠崎副社長とエミリさんの会話を聞いてしまったんです。あ、盗み聞きしていたわけじゃありませんからね。たまたま偶然、聞いてしまっただけですから」

やけっぱちになってはいたけれど、どうしてもそこだけははっきりさせておきたくて、まず自分を正当化してから話し出す。

「なるほど。それで君は俺とエミリの仲を疑ったのか……」

もう誤魔化せないと悟ったのだろう。副社長が神妙な顔で頷く。だが、すぐに破顔大笑し、ハンドルに突っ伏して肩を大きく揺らし始めた。

ここ、笑うところじゃないんだけど。何がそんなに可笑しいの？

私に真実を知られたことがショックでどうにかなってしまったのか、それともただの強がりなのか、判断できずにいると顔を上げた篠崎副社長が笑いを堪えながら軽く咳払いをする。

「いや、すまない。君の斜め上を行く想像力にツボってしまってね……」

「真面目な話をしているんです。バカにしたような笑い方、しないでください」

「そうだな。では、俺も真面目に事実を話そう」

真剣な顔つきになった篠崎副社長が背筋を伸ばし、自分の家庭事情を語り出した。

「まずは、一番大事なことから……俺とエミリは兄妹だが、血の繋がりはない」

「ええっ！　篠崎副社長とエミリさんって本当の兄妹じゃないんですか？」

てことは……禁断の恋ではないってこと？　結婚しようと思えばできるんだ……。

いきなり強烈なストレートパンチを食らったような衝撃が走り、呼吸が止まりそうになる。

「俺の母とエミリの父はお互い連れ子同士で結婚したんだよ。父の前妻は、エミリを産んだのと同時に亡くなったそうだ。妊娠中毒症だったと聞いている」

社長は前妻との結婚を親に反対され、駆け落ち同然で結婚したので実家を頼るわけにはいかず、住み込みのベビーシッターを雇ったのだと。

「それがシングルマザーだった俺の母だ」

ひとつ屋根の下で暮らしていたふたりはいつしか恋仲になり、結婚することになる。

「その時のことは今でもよく覚えている。初めて父親と呼べる人ができたんだからな。嬉しかったよ」

「えっ、初めて?」

篠崎副社長は本当のお父さんの顔も名前も何も知らないそうだ。

「母は実父のことを聞いてもあまり話したがらなかったからね。しかし一度だけ、俺が篠崎コーポレーションに入社が決まった夜に少しだけ話してくれた。今の父と自分の過去はよく似ているのだと苦笑しながらね」

篠崎副社長の実のお父さんは実業家の息子で、両親はお母さんとの結婚を反対していたらしい。そこでふたりは駆け落ちを決める。しかし約束の時間になってもお父さんは現れず、お母さんは捨てられた。

「その後に妊娠していることに気づいた母はひとりで俺を産んだんだ。母は約束を破った実父を責めるようなことは言わなかったが、俺は苦労していた母の姿を見てきたから正直、実の父にはいい印象を持っていない」

「では、本当のお父さんに会いたいとは……」

「思わないね。血の繋がりはあっても俺には関係のない人だ。たとえ会ったとしても父と呼ぶ気はない。俺の父はこの世でただひとり。篠崎敏也《としや》だけだ」

口調はいつもと変わらず穏やかだったけれど、その言葉には実父に対する強い憤りが感じられた。

「母が今の父にベビーシッターとして雇ってもらうまで、俺達親子は貧乏のどん底だった。俺は幼い頃、体が弱くてしょっちゅう熱を出していたんだよ。その度、母は仕事を休んで看病してくれていたから収入は本当に少なかったと思う。当時住んでいたアパートの大家が度々訪れていたのは、おそらく家賃の催促……当時の我が家は家賃も払えないほど困窮していたんだ」

そんな時、お母さんがたまたま見つけたのが、住み込みのベビーシッターの仕事。

「取りあえず、住む場所は確保できる。そう思ったんだろうな」

それから篠崎副社長とお母さんの生活は一変する。社長はとても優しく、副社長のこともとても可愛がってくれた。それどころか、お母さんを妻に迎えたいと言ってくれたのだ。

「母は自分達を救ってくれた父にとても感謝していたよ。そういうこともあり、母は俺が幼い時から父に逆らってはいけないと事あるごとに言っていた」

「あっ、だから社長の言うことは絶対というルールができたんですね」

篠崎副社長が大きく頷き、微苦笑する。

彼のお母さんに初めて会った時にあんなに取り乱していたのは、そういう経緯があったから。お母さんは息子が社長に逆らったことに動揺して自分がなんとかしなければと思い私に会いに来たんだ。でも、社長が見合いを断ると決めたのでお母さんの態度も変わった。

「だが、母に言われていたからそうしていたわけじゃない。父は俺をエミリと分け隔てなく愛情を持って育ててくれた。そして血の繋がりがない俺を信頼し、篠崎コーポレーションを任せるとまで言ってくれたんだ」

この恩は一生かけても返さなくてはいけない。そう思っていたから社長から見合いを勧められた時、迷うことなく受け入れたのだと。

「なのに、篠崎副社長はそのお見合いを断った」

「そうだな。絶対に逆らわないと決めた父に歯向かってまで自分の意思を通そうと思ったのは、心から愛する女性に巡り合ってしまったから……」

熱を孕んだ瞳でジッと見つめられ、胸の奥で心臓がドクンと震えた。

「で、では、エミリさんのことは……」

私が聞きたかったのは彼女のこと。篠崎副社長がエミリさんをどう思っているのか、それが知りたかったんだ。

「……エミリに対して愛しいという感情はある」

やっぱり、あるんだ……。

「だが、それは妹として。君が思っているような関係ではない。俺はエミリを異性として意識したことは一度もないし、この先も妹としか見られないだろう」

えっ……？　異性として意識したことがない？

「それは、本心……ですか？」

「本心に決まっているだろ？　エミリのことが好きだったら君を抱いたりはしない。俺は大島冬悟とは違う」

その言葉が一番、説得力がある。

「でも、エミリさんは篠崎副社長のことが好きですよね？」

「ああ、それは否定しない」

エミリさんは幼い頃から篠崎副社長のことが好きで、本当の兄妹ではないと知った中学生の頃から将来は副社長と結婚すると言うようになったそうだ。

初めは誰もエミリさんの言うことを本気にしていなかった。時が経てば、兄と結婚したいなんて言わなくなるだろうと軽く考えていたのだ。でも、彼女の想いは大人になっても変わらなかった。

篠崎副社長が海外勤務から戻ると前にも増して結婚を迫るようになったらしい。

「俺も悪かったんだ……エミリは気性が荒くヒステリックなところがあるから怒らせると面倒だと思い、自分の気持ちを伝えず、あいつの言葉を聞き流してきた」

悔いていたのは篠崎副社長だけではなかった。父である社長もこのままではいけないと思ったようで……。

「父が俺に見合いを勧めたのは、エミリを諦めさせようと思ったから……」

篠崎副社長は私と初めて会ったあの日、自分の気持ちを伝えようとエミリさんをレストランに呼び出し、見合いをして結婚すると明言した。

「エミリはこちらが強く出れば必ず反発する。それが分かっていたから優しく宥めるように話をしていたんだ」

しかしその甲斐なく、話は物別れに終わった。

「ここからは、君も知っているだろ？」

そうだったのか……別れを惜しむよう見えたのは、彼がエミリさんを気遣っていたから。

「君がレストランを出た後、俺はエミリに『お前もいい男を見つけて結婚しろ』と言ったんだが、それがエミリの癇に障ったようで、絶対に諦めないと怒鳴ってレストランを飛び出して行った」

勝手に禁断の恋だと勘違いしていた自分が恥ずかしくて彼の顔をまともに見ることができない。穴があったら入りたい気分だ。

「これが事の真相だ。君が想像していたような禁断の恋じゃなくて申し訳ないが、現実はこんなもの。ドラマや映画みたいな面白い展開にはならないよ」

それは誤解だよ。私が望んでいたのは面白い展開なんかじゃない。

「私の想像が間違っていて……本当によかった」

微笑んだつもりだったのに、私の目から一筋の涙が零れ落ちる。

「なっ……どうした？　なんで泣いているんだ？」

その涙に気づいた篠崎副社長が慌てた様子で顔を覗き込んできた。

「どうしてかな？　悲しくないのに涙が溢れてくるの」

親指で優しく涙を拭われた瞬間、ようやく止まらぬ涙の理由《わけ》を理解する。

きっとこれは、安堵の涙。あなたを諦めなくてもいいという喜びの涙。

私は彼の手にそっと触れ、心の中で問う。もう我慢しなくてもいいんだよねと……。

「ずっと辛かったんです……苦しくて胸がヒリヒリ痛くて……篠崎副社長の心の中に他の女性が居ると思うと耐えられなかった」

「……穂乃果」

シートベルトが外れる音が聞こえたのと同時に彼が包み込むように私の体を抱き締める。

「俺も同じだ。どんなにアプローチしても君は心を開いてくれなかったからね。想いが通じない辛さを初めて味わったよ」

もうその言葉を疑ったりはしない。篠崎副社長の本当の気持ちが分かったから。

私達は見つめ合うと、どちらからともなく顔を近づけ唇を重ねた。

忘れる為の儀式ではなく、心から求め合う愛のあるキス。柔らかい温もりが堪らなく愛おしくて広い背中を夢中で引き寄せるもなぜか突然その温もりが離れていく。

あまりにも呆気ないあっさりとしたキスに物足りなさを感じ、上目遣いで篠崎副社長の顔を見上げると、彼が私の胸元に人差し指を突き立て妖艶な笑みを浮かべた。

「辛くて苦しくてヒリヒリ痛むこの胸を癒すには、ここは狭過ぎる」

「……どういうことですか？」

「この先は、穂乃果の部屋のベッドの上で……」

それはつまり……そういうことだよね？

篠崎副社長の言葉の意味を理解した瞬間、恥ずかしくて思わず下を向く。

それに、篠崎副社長の豪華な家に行った後で私の狭いワンルームの部屋を見せるのは抵抗があった。でも、拒否なんてできない。だって、私も彼を求めていたから……。


「どうだった？　ヒリヒリした痛みは消えたかな？」

小さなシングルベッドの上、まだ息が整っていない私の耳元で篠崎副社長が優しく囁く。

「はい……」

「……それはよかった」

愛し合った余韻が残る甘い空気の中で、私達は惜しむようにお互いの体を抱き締め、至福の時間《とき》を過ごしていた。だけど、満足げに微笑む篠崎副社長の顔が視界に入った途端、ついさっきまで我を忘れ彼の激しい愛撫に応えていた自分を思い浮かべ、どうしようもなく恥ずかしくなる。

私、すっごくはしたない声出しちゃった。それに、自分からあんなこと……篠崎副社長、どう思っただろう。

そんなことを考え出したらもうダメだ。羞恥の無限ループに陥り抜け出せなくなってしまった。

耐えられなくなり布団に潜り込むもすぐに掛け布団を捲り上げられ、そこには意地悪な笑みを浮かべた篠崎副社長の顔が……。

「どうして隠れるんだ？」

「えっ……あの……」

答えられず真っ赤になっていると、更に口角を上げた彼が一気に掛け布団を引き下げ、外気に晒された上半身がブルッと震える。

「やっ……だ」

慌てて露わになった胸を隠そうとしたのだが、それより先に甘いキスが落とされた。

ついさっき後悔したばかりなのに、彼の唇が肌の上で弾むと途端に欲望のスイッチが入り甘い声が漏れてしまう。

「そんな可愛い顔で啼かれたら止められなくなる」

「あぁ……ごめんなさい」

「バカ、ここは謝るところじゃない。それに、謝ってももう遅い」

射貫くような鋭い視線で裸体を凝視され、気持ちが高ぶり全身が熱く火照るのを感じた。

恥ずかしいけど、見つめられると体の奥がジンジンしてさっき味わった充溢感がまた欲しくなる。

「君は本当に不思議な娘だ。俺の心を際限なく奪っていく」

篠崎副社長、際限なく奪っていくのはあなた。私の心だけじゃなく羞恥も理性も、何もかも全て奪っていく。でもそれは、心地いい喪失感。

私を見下ろしている優艶な瞳を見つめ、心の中で強く願う。

もっと奪って欲しい……と――。

4　不確かなルーツと涙のプロポーズ

——翌週の週末。

私は再び篠崎家を訪れていた。篠崎副社長のご両親が食事に招待してくれたのだ。前回は罪悪感でいっぱいだったけれど、今回は本当の婚約者として後ろめたさを感じることなくご両親に会うことができた。

そのことは凄く嬉しい。ただ、気掛かりだったのはエミリさんのこと。彼女は私をまだお見合いを断る為の偽の婚約者だと思っている。

篠崎副社長が私のマンションに来た時、帰ったらエミリさんに真実を伝えると言ったけど、私の方からもう少し待って欲しいとお願いした。心の準備をする時間が欲しかったのと、このことを伝える時は私もその場に居たかったから。

私はエミリさんに嘘をついてしまった。正確には、あの時点では嘘ではなかったけれど、結果として彼女を騙すことになってしまったのだ。そのことを詫びたかった。

だからこの食事会の話を聞いた時、食事が終わった後にエミリさんと話をしようと決めたのだが、迎えに来てくれた篠崎副社長にそのことを伝えると、エミリさんは学生時代の友人に誘われクルージングパーティーに行ったそうで、今日の食事会には参加しないのだと。

以前、エミリさんは協力すると言っていたけど、彼女にしてみれば、副社長のお見合いがなくなったのだからもう目的は達成している。今更偽りの婚約者との食事会なんて興味がないのだろう。

「穂乃果の気持ちは分かるが、これは俺とエミリの問題だ。君が居たらエミリも意地になって余計話がややこしくなるかもしれない。やはり俺から話すよ」

確かにその可能性はある。私が何か言えば、彼女の神経を逆撫でして怒らせてしまうかもしれない。謝るのは篠崎副社長と話した後でも遅くないか……。

「分かりました。エミリさんのことは篠崎副社長にお任せします」

「ああ、それより、今日は元気がないな。顔色も悪いし……大丈夫か？」

玄関の引き戸を開けた彼が振り返り心配そうに眉を下げる。

「え、ええ、大丈夫です」

そうは言ったものの実はここ数日、エミリさんのことを考えると憂鬱になり精神的にかなり参っていた。その影響をもろに受けたのが胃で、食欲がなくずっと胃薬を飲んでいる。夜もあまり眠れないし、体も重い感じがする。典型的なストレス症状だ。

エミリさんは幼い頃から何年も篠崎副社長を想い続けているんだもの。そう簡単に納得してもらえないだろう。それにエミリさんの気持ちを考えると辛くて……。

「さぁ、遠慮なく召し上がってちょうだい」

通された広い座敷に用意されていたのは、料亭の懐石料理のように品よく盛り付けられた小鉢や豪華なタイの姿造りなど、和食の数々。

篠崎家には、以前お会いした庭師の本田智治さんの他に雑用を担当する女性のお手伝いさんがひとり居るだけで、家族の食事やこの広い家の掃除は全て篠崎副社長のお母さんがひとりで行っているのだそうだ。

篠崎コーポレーションの社長夫人ともなれば、多忙で自由になる時間も少ないはずなのに家のことも手を抜かず完璧にこなしている。

はぁ～凄いな。私には絶対に無理だ。

尊敬の眼差しをお母さんに向けると、隣の社長が微笑みながら箸を持つ。

「妻は穂乃果さんが来てくれるのを楽しみにしていてね、今日は朝からキッチンに籠りっきりで準備をしていたんだよ」

そんなことを言われたら食欲がないなんて口が裂けても言えない。それに用意してくれた料理は胃に優しそうな和食だし、少しくらい食べ過ぎても大丈夫だよね。

というわけで、勧められるまま笑顔で料理を口に運ぶ。

「わっ！　凄く美味しいです」

お世辞ではなく、どれも美味で幸せな気分になる。が、三十分ほど経った時、異変が起きた。

「うっ……」

強烈な吐き気に襲われ我慢できなくなったのだ。慌てて手で口を覆い、座敷を飛び出してトイレに駆け込む。

その時は緊急事態で必死だったから何も考えられなかったけれど、吐き気が治まり冷静になると、自分はなんて失礼なことをしてしまったのだろうと激しく落ち込む。

お母さんが私の為に朝から準備してくれていた料理を食べて吐き気を催すなんて最悪だ。あぁ……どうしよう。

お母さんに申し訳なくてトイレから出ることができず頭を抱えていると、ドアをノックする音が聞こえた。

「穂乃果、どうした？　大丈夫か？」

篠崎副社長が心配して様子を見に来てくれたのだ。

そろりとドアを開け、彼にお母さんの様子を聞こうとしたのだが……。

「ひっ……」

　そのお母さんが副社長の後ろに立っていた。

「あ、あぁ……私、失礼なことを……本当にすみません」

　意表を突かれ動揺した私は後退りながら必死に詫びる。するとお母さんが神妙な顔で迫ってきた。

　やっぱりお母さん、怒ってる？

　再びムカムカし始めた胃の辺りを押さえ深く頭を下げるも頭上から降ってきたのは意外な言葉だった。

「穂乃果さん、あなた……妊娠しているんじゃないの？」

「えっ……」

「体がダルかったり、お腹が張った感じはしない？」

「あっ、そう言われれば……」

「思い当たることがあるのね？」

　お母さんは呆然とする私の体を抱き締め喜びを爆発させると、同じく放心している篠崎副社長の背中を何度も叩く。

「右京、あなたパパになるのよ。あぁ……どうしましょう。すぐに敏也さんに報告しないと……」

興奮したお母さんは社長が居る座敷に向かって廊下を全力疾走していく。私はその後ろ姿を目で追いながらゴクリと唾を飲み込んだ。

私……妊娠したの？

だが、篠崎副社長は呆れたようにため息を漏らす。

「やれやれ、少し気分が悪くなっただけで妊娠と決めつけるとは……母さんもどうかしてるな」

「でも、確かに生理が遅れている……」

「えっ？」

「お母さんが言ったこと、当たってるかもしれない」

私は冬悟さんと付き合い出した頃から基礎体温をつけ、細心の注意を払い気をつけてきた。でも、結婚を意識し始めた頃から徐々に気が緩み始める。そう遠くない未来、私は冬悟さんと結婚するのだからと安易に考えるようになっていたのだ。

記憶を辿ると初めて篠崎副社長に抱かれた頃が危険日だったような気がする。だけど、あの日、彼はちゃんと避妊をしてくれていた。そして篠崎副社長に抱かれた前日、私は冬悟さんとも……冬悟さんは面倒くさがって避妊をしてくれなかったから妊娠していれば、どう考えても冬悟さんの子供だ……。

でも、今まででも生理が遅れることはあった。一瞬、今回もそうなのではと思ったけど、最近の体調の変化とこの吐き気……今までとは何かが違う。

「あぁ……そんなことって……」

絶望の二文字が頭を過り、その場に崩れ落ちる。

「穂乃果、どうした？」

彼が私を抱き起こそうとしてくれるが、その手を振り払い床に額を押しつけて一心不乱に詫びた。

「ごめんなさい。ごめんなさい。もう篠崎副社長とは一緒に居られない」

「どういうことだ？」

「私、冬悟さんの子供を妊娠してしまいました……」

私の背に置かれた篠崎副社長の手がビクッと震えたのが分かり、彼の動揺が伝わってきて心が千々に乱れる。

「お願いです。どうか、これっきりにしてください」

しかし副社長は私の体を起こすと落ち着いた口調で言う。

「まだ妊娠していると決まったわけじゃない。まずは妊娠しているか確かめるのが先だ。それに、俺が父親の可能性もある。そうだろ？」

篠崎副社長が父親の可能性？　もちろんその可能性はゼロではない。でも、その確率は切なくなるくらい低い。

その時、お母さんと社長がこちらに歩いて来るのが見えた。ふたり共満面の笑みだ。

彼は小声で「今から確かめよう」と言うと私を立たせ腰に手を回す。そしてご両親が言葉を発する前に口を開いた。

「すまない。穂乃果の具合が悪いから今から送って行くよ。それと、勝手な想像は困る。ちゃんと検査をして結果が分かるまでこのことは誰にも言わないで欲しい」

お母さんは不満そうにしていたけれど、社長は納得してくれたようで大きく頷いている。

「せっかくお招き頂いたのに申し訳ありません。今日は帰らせて頂きます」

「いやいや、気にしなくていいから。お大事にね」

社長の優しい言葉が胸に沁みる。

何度もお礼を言って歩き出したのだが、背後から聞こえてきたお母さんの明るい声に反応して足が止まってしまった。

「報告、楽しみに待ってますよ。結果が分かったらすぐに教えてね」

すると同じく足を止めた篠崎副社長が微笑みながら私の背中を軽く押す。

「先に行って玄関で待っていてくれ」

無言で頷き足を踏み出すも廊下の角を曲がる時、少しだけ振り返ってしまった。視界の隅に入ったのは、篠崎副社長とご両親が真剣な表情で話をしている姿。

何を話しているんだろう……。

気になったけど、玄関に現れた副社長にそれを聞く勇気はなかった。


人の運命って、誰が決めるんだろう……やっぱり神様なのかな？　だったら私は神様に相当、嫌われているみたいだ。

幸せを摑みかけるとすぐにその幸せが指の間から零れ落ちていく。私には幸せになる資格はないの？

私のマンションに来る途中、ドラッグストアで購入した妊娠検査薬を握り締め自分の運命を呪うが、出てしまった結果は変えられない。

この愛を失いたくないともがいたところでどうにもならないんだ。

現実を受け入れようと決めトイレから出ると、ドアの前で待ってくれていた篠崎副社長に検査薬を差し出し震える声で伝える。

「……妊娠、していました」

——全てが終わった。

検査薬の赤紫の二本線を確認した瞬間、そう思ったのに、彼は優しく微笑み私を強く抱き締めた。

「そうか。おめでとう」

「えっ？」

最悪の結果になってしまったのに篠崎副社長は目尻を下げて笑顔を絶やさない。

子供の父親はおそらく冬悟さん。なのに、どうしてそんなに嬉しそうなの？

「どうかお願いです。もう私に関わらないでください」

それが彼にとって一番いいと思ったから。しかし副社長は首を縦には振らなかった。

「俺が父親だったら？」

「でも、違っていたら……」

お互い一歩も引かず、そんな会話が暫く続く。

どうしてなの？　篠崎副社長だって本当は冬悟さんの子供だって思っているんでし

ょ？　なのに、なぜ……。

「もういいんです。短い間でしたが篠崎副社長に素敵な夢を見させてもらいました。有難うございます」

「勝手に終わらせるな。穂乃果は俺が父親になる権利を奪うのか？　この子はきっと、俺の子だ」

篠崎副社長は躊躇うことなくそう言って愛おしそうに私のお腹を撫でた。

「本気……ですか？」

「さっき俺の家を出る時、両親にはっきり伝えてきた。穂乃果が妊娠していたら、すぐに籍を入れると……」

あっ、あの時、篠崎副社長がご両親と話していたのは、そのことだったの？

「穂乃果……結婚しよう」

「あぁ……」

別れなきゃいけないと思っていたのに、プロポーズされるなんて……。

彼の言葉は絶望の闇の中に見えた一筋の希望の光だった。でも、怖い。篠崎副社長のその優しさに甘えてしまったら、あなたを不幸にしてしまいそうで凄く怖い。

篠崎副社長が心配して泊まっていこうかと言ってくれたけど、私は笑顔で断った。ひとりになって考えたいことがあるからと。

彼は私の頬をふわりと撫で、優しくキスをして帰っていった。

でも、ひとりになったところで答えなど出るはずもなく、膝を抱えローテーブルの上のデジタル時計をぼんやり眺めていた。が、日付が変わった頃、奈美恵との約束を思い出して慌ててスマホを手に取る。

一昨日、奈美恵とランチをした時にエミリさんと話をしたら必ず報告するよう強く言われていたのだ。

もうとっくに寝ていたと愚痴る奈美恵に謝り、エミリさんとは話ができなかったと告げた後、相談したいことがあると切り出す。

直面した問題が大き過ぎてどうしていいか分からず、誰かに話を聞いてもらいたかったのだ。

妊娠の事実を知り驚く奈美恵に篠崎副社長のプロポーズを受けるべきか問う。

「なんだかね、もうよく分からなくて……本音を言えば、篠崎副社長と別れたくないよ。だけど、彼の子供じゃなかったらと思うと怖くて、少し時間をくださいってお願いしたの」

自分の幸せを優先するなら簡単だ。彼のプロポーズを受け入れ結婚すればいい。でも、お腹の子供の父親のことを隠し、周りの人達を騙して生きていくことが本当に正しいことなのか……。

「正しいわけないよね。そんなことをしたら、きっとバチが当たる」

しかし頼みの綱の奈美恵も『分からない』と呟く。

『穂乃果、ごめん。私には難し過ぎる。でも、自分の子供だって言ってプロポーズしてくれた篠崎副社長は最高に男前だよ。それだけは分かる』

「……そうだね」

その言葉だけで十分。そう思わなきゃいけないのかもしれない。

『とにかくまず病院だよ。ちゃんと診てもらった方がいいって。それと、確認なんだけど……お腹の子は大島社長の子供で間違いないんだよね？』

「うん、多分……」

少しの沈黙の後、奈美恵が『産むの？』と聞いてきた。

「えっ？」

『大島社長の子供、産むの？』

こんなことを言っても信じてもらえないかもしれないけど、その質問をされるまで私の頭の中には〝産まない〟という選択肢はなかった。

『辛いことだけど、そのことも含めて考えた方がいいと思う』

「そ、それは……病院に行ってから……」

『そうだよね。ちゃんと診察を受けてからだよね』

奈美恵がなるべく早く行った方がいいと言うので、明日、会社を休んで病院に行くことにした。奈美恵も一緒に行くって言ってくれたけど、ふたりも会社を休んだら変に思われそうだったので渋々断った。

『なんかあったらすぐに連絡してよ』

「うん、有難う。奈美恵と話して少し気持ちが落ち着いたよ」

なんて言ったけど、それは嘘。奈美恵に子供を産むのかと聞かれ激しく動揺してスマホを持つ手がブルブル震えている。

私は、どうすればいいんだろう……。


翌日、殆ど眠れぬまま朝を迎えた私は、ネットで調べた女医さんが居る産婦人科に向かった。

まだ昨夜の奈美恵の『産むの？』という声が耳に残っていて、待合室で大きなお腹の妊婦さんに挟まれ受診の順番を待っている間もその声がずっと頭の中で響いていた。

初めての内診を終え、診察室の丸椅子に座ると「おめでたですね。妊娠五週目、二ヶ月です」と女医さんがニッコリ笑う。

「そうですか……」

小さな声で呟き、膝の上の手をギュッと握り締める。その姿を見た女医さんが「どうされますか？」と聞いてきた。

「えっ？」

「望んだ妊娠ではないようですので……でもね、一応これは、お渡ししておきます」

女医さんから渡されたのはお腹の子供のエコー写真だった。

「これが……私の赤ちゃん」

そのエコー写真を見た瞬間、熱いものが込み上げて胸が苦しくなる。

「この白くて丸いのが赤ちゃんです。順調ですよ」

「あぁ……」

まだ不完全で人の形にもなってないけど、愛おしくて涙が止まらなかった。

この子は私のお腹の中で生きているんだ。父親が誰かなんて関係ない。この子は私の子供。芽生えた命をなくすことなんてできない。

「産みます。私、この子を産みます」

もう迷いなどなかった。何があろうと私はこの子と生きていく。そう決意して涙を拭う。

病院を出てスマホを鞄から取り出すと、篠崎副社長からメッセージが届いていた。

私のこと心配してくれてる。有難う。篠崎副社長。でも、もうあなたのところには戻れない。あなたの優しさに甘えることはできないの。

メッセージには、いつでも電話をしてくれて構わないと書かれていたので、その場で彼の名前をタップした。

『穂乃果、大丈夫か?』

とても優しい耳ざわりのいい声……。

「今、産婦人科を受診して、妊娠二ヶ月だと言われました」

涙が零れないよう上を向くと真っ青な空に消えかけの飛行機雲が見えた。その飛行機雲が澄み渡る空に溶け、姿を消したのと同時に愛する人に別れを告げる。

「私、この子を産むことにしました。だから……もう篠崎副社長には会えません。あなたを他人の子供の父親にはできない……」

それだけ言うと通話を切り、スマホの電源を落とした。

篠崎副社長、ごめんなさい。そして……有難う。あなたのことは一生、忘れません。

＊　＊　＊

その電話を受けたのは、篠崎コーポレーションがバックアップしている環境保全団体との会合が終わり、社に向かっている車の中だった。

彼女の第一声は車外から聞こえる微かな雑踏に掻き消されてしまうくらい小さかった。心配になり大丈夫かと聞くと、今度は感情のない淡々とした声が耳に届く。

二ヶ月か……やはり妊娠していたんだな。

穂乃果の報告に頷き、今後の話をしようとした時、予想もしていなかった言葉が聞こえてきた。

子供を産むことにしたからもう俺には会えない。俺を他人の子供の父親にはできないと……。

思わず「はぁ?」と声を上げるも既に通話は途切れていた。

どうしてそうなる？　昨夜のプロポーズで俺の気持ちは理解してくれたはずだ。

すぐさま掛け直すが繋がらない。

穂乃果、別れるなんて冗談じゃないぞ。俺は納得していないからな。

「くそっ！」

苛立ちを隠せず低く怒鳴ると、助手席に座っている秘書の波野《なみの》君が振り返った。

「篠崎副社長、何か問題でも？」

「ああ、大問題だ。悪いが君達ふたりはここで車を降りてくれ」

「えっ？　ふたりということは、私も……ですか？」

運転手が素っ頓狂な声を上げるが構わず路肩に車を停車させ、強引にふたりを降ろすと素早く運転席に乗り込む。すると波野君が血相を変えてフロントガラスをバンバン叩き始めた。

「篠崎副社長、どちらに？　午後からのアポはどうされるのですか？」

「午後からの予定は全てキャンセルだ」

車を発進させるとルームミラーに長い髪を振り乱し追いかけて来る波野君の姿が映る。

波野君、すまない。冷静さを欠いているということは分かっている。だが、今の俺には仕事より大切なことがあるんだ。

正直、自分が仕事を放り出して女のところに向かっているなんて信じられなかった。追われることには慣れていたが追うのは初めて。女に対してこんなに一生懸命になったことはない。それだけ穂乃果に惚れているということか……。

車線変更を繰り返し、ようやく辿り着いた穂乃果のマンションの前で車を停め、ひとつ大きな深呼吸をしてドアを開ける。

彼女の部屋は三階の角部屋。意を決して玄関のチャイムを鳴らすも応答がない。

まだ帰ってないのか？

腕時計で時間を確認して再びチャイムを鳴らすとドアの向こうで微かな音がした。

——居るな……。そう確信した俺はチャイムを連打し、ノブを回しながらドアを激しく叩く。

「穂乃果、開けろ！」

どんなに拒まれても諦めるつもりはない。これで終わりだなんて冗談じゃないぞ。

拳を何度も叩きつけ、彼女の名を連呼すること数分。鍵が開く音がしてドアが少しだけこちら側に開く。

「篠崎副社長、どうして……」

その声を聞いた刹那、素早くドアを摑み、その隙間に片足を差し込んだ。

「話がある。穂乃果がそれを断るのなら、俺はここで君の名を呼びながらドアを叩き続ける」

「……お願いです。あまり大声を出さないでください」

伏し目がちにそう言った彼女の瞳は涙に濡れ、瞼は赤く腫れている。おそらくずっと泣いていたんだろう。

「穂乃果……誤解しないでくれ。俺は君を困らせる為にここに来たわけじゃない。電話一本で終わりにできないからここに来たんだ」

しかし彼女は下を向いたまま「ごめんなさい。ごめんなさい」と繰り返すだけで顔を上げようとしない。

「穂乃果っ！　俺の目を見ろ！」

ビクッと震えた穂乃果が弾かれるように顔を上げ、ようやくお互いの視線が重なった。

「俺は信じている。穂乃果の子供は俺の子だと……」

「篠崎……副社長」

「もし、万が一、俺と血の繋がりがなかったとしても、その気持ちは変わらない。君が産んだ子は俺の子供だ。お腹の子供と三人、家族になろう」

穂乃果の顔がクシャリと歪み、充血した瞳から大粒の涙が零れ落ちる。その涙を親指で拭い、腕を伸ばして彼女の肩を引き寄せた。

穂乃果は遠い昔に食べた甘いイチゴドロップの香りがする。俺はこの香りを嗅ぐ度、小さかった頃のことを思い出して無性に懐かしくなるんだ。

母が今の父と結婚してすぐのことだったから三十年ほど前になるか……大きな手で頭を撫でられ、差し出されたスチール缶の中に入っていたのが、穂乃果と同じ香りがする赤いイチゴドロップだった。あれは誰だったのだろう。記憶が曖昧で思い出せない──ただ、この香りと大きな手の温もりははっきり覚えている。

瞼を閉じて彼女の髪にそっとキスを落とすと不安げな声が響いた。

「自分から進んで不幸にならなくても……」

穂乃果は俺の気持ちを何も分かっちゃいない。

「君を手放すことが最大の不幸なんだよ。なぜそれが分からない？」

思わず声を荒らげると穂乃果は押し黙り、そのまま暫く沈黙が続く。が、突然顔を上げ、掠れた声で問うてきた。

「本当に後悔……しませんか？」

縋るような瞳――穂乃果は無意識なのだろうが、君のその悩ましげな表情は俺の欲望を刺激して道徳心を消し去ってしまう。そんな気持ちにさせられたのは、三十五年の人生の中で君だけだ。

「ああ、後悔すると思っていたら、はなからここには来ない」

ようやく納得してくれたのか、穂乃果がドアを押し、俺を部屋の中に招き入れてくれた。しかしひとつだけ約束して欲しいことがあると。

「この子が産まれたらＤＮＡ鑑定をしてください」

「なぜだ？　穂乃果が産む子は俺の子供。それでいいじゃないか？　わざわざ調べる必要はない」

説得するも穂乃果はこのことに関しては全く引かなかった。鑑定をすると約束してくれなかったら俺とは結婚しないと背を向ける。

やれやれ、頑固な娘《こ》だ。穂乃果はエミリ以上に俺を手こずらせる。

本音を言えば、君の口から大島冬悟の名前が出た時は動揺したよ。でもな、ここで穂乃果が妊娠していると分かった時、不思議と不安は感じなかったんだ。この子は間違いなく俺の子供……あの瞬間、俺は穂乃果の中で芽生えた小さな命の父親になった。

だから鑑定の結果など興味はない。もし結果が意に沿わないものだったとしても、俺の父がそうだったように、愛する女が産んだ子を我が子として育てる。君は何も心配しなくていいんだ。

「分かった。鑑定はしよう」

「本当ですか？」

「その代わり、俺の頼みも聞いてもらうぞ。この子は俺の子供。そう信じるんだ」

穂乃果のお腹を撫でそう言うと、戸惑いながらもこくりと頷く。

「さぁ、もうそろそろいいだろ？　プロポーズの返事を聞かせてくれ」

頬を赤く染めた穂乃果が上目遣いで俺の顔を見た。その恥ずかしそうに肩を窄める仕草が可愛くて堪らない。

勿体ぶるなよ。そのぽってりとした甘い唇を早く奪いたいんだ。

ソワソワしている自分に気づき、まるでお預けを食らった犬みたいだなと苦笑した時、彼女の桜色の唇が動く。

「はい……宜しくお願いします」

「ほの……か」

名前を呼び終わる前に唇を重ね、大好物の甘くて柔らかい唇を堪能する。そして華奢な体を力一杯抱き締めた。

やっと手に入れた。穂乃果……君の全てが愛おしい……。

それから約一時間後、一旦会社に戻った俺は、波野君に仕事を放棄したことを詫び、滞っていた業務を全て終わらせると再び穂乃果のマンションを訪れた。

あれから穂乃果と話し合い、お互いの親に妊娠の報告をしようと決めたのだ。

この時、初めて知ったのだが、穂乃果のお母さんは彼女が高校生の時に病気で亡くなり、お父さんは穂乃果の兄夫婦と一緒に暮らしているそうだ。

穂乃果が東京《とうきょう》の大学に進学を決めたのは、お兄さんが結婚して同居が決まったから。小姑の自分が居たら義理の姉に気を使わせてしまう。それが申し訳なくて家を出たのだと。

そうやって自分のことより他人《ひと》のことを優先するところが穂乃果らしい。

取りあえず、浜松《はままつ》に居るお父さんには電話で事情を説明してこのような結果になってしまったこと詫び、近々挨拶に伺わせて欲しいとお願いした。

娘が妊娠していると知ったお父さんは驚き困惑していたが、娘さんを必ず幸せにしますと伝えると『待っています』と好意的な言葉が返ってきた。

安堵したのと同時に緊張の糸が切れ、脱力感が全身に広がる。

正直、こんなに緊張したのは生まれて初めてだ。

「篠崎副社長のご両親にも報告しないと……」

今度は穂乃果が緊張気味に呟く。

「俺の両親はきっと大喜びだよ」

そう、両親に関してはなんの心配もない。ただ、問題はエミリだ。エミリには俺から話をしないとな……。

「それより体調はどうだ？　調子が悪ければ、両親には俺の方から伝えておく。無理はするな」

「いえ、私も一緒に……直接ご両親にお会いして報告します」

そう言ってくれるのは嬉しいが、声に覇気がなく表情は硬い。まだ子供の父親のことを気にしているのか？　すぐに気持ちを切り替えるのは無理なのかもしれないな。

だがな、穂乃果、これだけは分かってくれ。

「――俺は今、最高に幸せだよ」

結局、穂乃果の頼みを断り、ひとりで家に帰ってきた。

やはり、エミリを納得させてからではないと穂乃果を家に連れて来ることはできない。

見合いをするというだけであんなに怒っていたんだ。子供ができて結婚すると言ったらどうなるか……キレたエミリは男の俺でも手に負えないくらい狂暴になる。怒りで我を忘れたエミリが穂乃果に何かしたら……取り返しがつかない。

玄関の引き戸を開けると廊下の奥から足音が近づいてくる。それが誰なのかは姿を見る前から分かっていた。

「右京様、お帰りなさいませ」

俺はため息をつき、眉を顰めて声の主を見つめる。

「ふたりの時に〝様〟はよしてくれと言っただろ。そう呼ぶのは父の前だけでいい」

「しかし私は使用人ですから」

「お前を雇っているのは父だ。俺は今でも智治のことを親友だと思っている。だから頼む。そんな他人行儀はやめてくれ」

「いいえ、私は篠崎家に雇われているのです。そんなことを言って私を困らせないでください」

こんな会話をもう何年もの間、幾度となく繰り返してきた。

智治と初めて言葉を交わしたのは高校の入学式。お互いバスケ部に入部予定だということが分かり、意気投合して友達付き合いが始まった。

当時、智治の家は造園業を営んでいて彼の父親は評判のいい庭師だった。しかし俺達が高校二年の冬、その父親が事故で亡くなってしまう。造園会社は智治の母親が社長になり引き継いだのだが、今まで会社のことにはノータッチだった母親の方針に不満を持った職人が次々に辞めていき、同時に多額の借金があることも発覚。

とうとう立ち行かなくなり造園会社は倒産して家も手放すことになった。母親は心労が重なり入院。ほどなく重い病が見つかりこの世を去った。

天涯孤独になった智治は高校を辞めて父親の知り合いの庭師に弟子入りすると言い出す。その話を聞いたのは、バスケの全国大会出場が決まった直後。

俺は親友として智治を助けてやりたかった。せめて全国大会だけは……その一心で父に智治のことを相談すると、父は高校を卒業するまで智治を引き取って生活の面倒を見てもいいと言ってくれたのだ。そして造園の仕事がしたいのなら、篠崎家の庭を任せている庭師に頼んでやってもいいと……。

俺は半ば強引に智治をこの家に連れて来た。それが智治にとって一番いいと思ったからだ。だが、今になって考えると、それが本当によかったのかは分からない。

望み通り一緒に全国大会に出場して準優勝し、高校も無事卒業して立派な庭師になったが、親友ではなくなってしまったからだ。智治は俺を右京様と呼び、常に敬語だ。そして学生時代のように笑わなくなった。

負い目を感じているのか……とも思ったが、庭師として一人前になり、かなりの収入を得ている今でも住み込みで働いている。

この家に居ることが苦痛ならいつでも出て行けるはず。どうしてお前は自分を殺してまでここに居るんだ？

以前、そんなことを聞いたことがあったな。すると智治は珍しく微笑み『ここの暮らしが性に合っているんです』と即答した。

本当にそうなのか？　それがお前の本心ならこんな嬉しいことはない。でもな、父に恩義を感じてここに留まっているのならもう十分だ。お前は自分の思うように生きていっていいんだぞ。

心の中で前を行く背中にそう語りかけると智治が足を止め、洋間のドアをノックした。

「右京様がお帰りです」

淡々とした口調と感情のない声……俺はお前のその声を聞く度、後悔の念に苛まれる。昔のように智治と腹を割って話がしたい。だが今は穂乃果のことを優先しなければ……。

俺は食後のハーブティーを楽しんでいる両親の対面に座り、穂乃果の妊娠を告げた。

「あぁ……やっぱりそうだったのね。やっと孫が抱ける。楽しみだわ」

母は手を叩いて喜び、父も「それはよかった」と微笑んでいる。

「子供の為にもなるべく早く籍を入れたいと思っているんですが、どうでしょう？」

「そうだな。その方がいい。それで、式はどうする？」

「それは穂乃果の体調のこともありますし、彼女と相談して決めたいと思います」

思った通り両親は喜んでくれた。後は難題のエミリだ。

席を立ち一礼すると、洋間を出て二階のエミリの部屋に向かう。そしてどんなに時間がかかっても必ずエミリを納得させるという強い思いを込めドアをノックした。

「エミリ、話がある。今いいか？」

声をかけると目の前のドアが勢いよく開いてエミリが飛び出してくる。まるで小さな子供のように俺に抱きつき離れようとしない。

「お兄さん、お帰りなさい。今日ね、プリザーブドフラワーの教室に行ってきたの。

とっても素敵にできたから見てくれる？」

エミリは俺の見合いがなくなってからすこぶる機嫌がいい。ピンクの薔薇で作ったプリザーブドフラワーを誇らしげに俺に見せ満足そうに笑っている。

「あ、それで、婚約者ごっこはいつ終わりにするの？」

「そのことなんだが、あれはごっこなんかじゃない。俺と穂乃果は本当に婚約したんだ」

「えっ……」

「俺は穂乃果と結婚する」

一瞬にして室内に不穏な空気が漂い、エミリの顔が引きつっていくのが分かる。

「ヤダ……何言ってるの？　どうしてお兄さんがあんな娘と……冗談はやめてよ」

「冗談じゃない。俺はやっと一緒に居たいと思える女性と巡り合えたんだ」

しかしどんなに説明してもエミリは納得しない。俺と結婚するのは自分だと泣きじゃくり、手に持っていたプリザーブドフラワーを投げつけてきた。それが胸に当たると薔薇はピンクの花びらを散らし儚く床に舞い落ちていく。

「信じない！　そんなの絶対に信じない！」

俺は縋るエミリを抱き寄せ、そっと頭を撫でた。

「……エミリ、俺はお前を愛している。でもそれは妹として。血の繋がりはなくてもエミリはこの世でたったひとりの妹だ。大切な存在なんだよ」

「イヤだ！　妹としてじゃなく、ひとりの女性として見て欲しいの。お願いだからあんな娘と結婚するなんて言わないで」

「すまない。エミリにはもっと早く俺の気持ちを伝えるべきだった。そうすれば、お前をこんなに泣かすこともなかった。本当にすまない」

何度も詫びるもエミリは諦めるどころか更に頑なになり、その怒りの矛先は穂乃果へと向けられた。

「どう考えても変だよ。お兄さんがあんな平凡な娘に本気になるはずがない。お兄さん、あの娘に何か弱みでも握られたの？」

「そんなわけないだろ。先に好きになったのは俺の方だ」

「お兄さんはあの娘に騙されているのよ。大人しそうな顔をしてしたたかな女！」

さすがに穂乃果のことを悪く言われたら黙ってはいられない。強い口調で窘めると、またエミリが泣き出す。そんなことの繰り返しで数時間が過ぎた。

以前の俺なら、この続きはまた今度……そう思っただろう。でも今日は引くわけにはいかない。穂乃果の為にもエミリに分かってもらわないと……。

「エミリ、実はな、穂乃果は妊娠しているんだ」

この発言は賭けだった。妊娠したと言えば、エミリの怒りが増す可能性もある。だから納得してくれた後で伝えようと思っていたのだが、ここまで粘り強く話しても分かってもらえないとなると、もう正直に話すしかない。

すまないエミリ。お前を傷つけ悲しませるのは本意ではないが、引き伸ばしたところでいつかは分かること。ならば俺の口から伝えたい。

「嘘……」

やはりエミリにとってこの事実は相当ショックだったようで、項垂れ放心している。

「そういうことだったんだ……」

「ああ、でも誤解するなよ。妊娠したから結婚しようと思ったんじゃない。妊娠していなくてもいずれ彼女とは結婚するつもりだった」

「分かったから……もういいよ」

一瞬、自分の耳を疑った。

それは納得してくれたということか？

今までの数時間はいったいなんだったんだと呆気に取られるほど、エミリはあっさり引き下がり無言でベッドに潜り込む。

ショックで泣いているのかと思ったがそうでもないようだ。

「エミリ……分かってくれて有難う。ゆっくりおやすみ」

可愛い妹の頭を撫で部屋を出ると張り詰めていた気持ちが緩みどっと疲れが出た。

だが、これで一安心だ。

一刻も早く穂乃果にエミリのことを伝えてやりたくてスーツの内ポケットからスマホを取り出す。しかし……。

「二時か……」

いくらなんでももう寝ているよな。朝になってから電話するか……。

＊　＊　＊

篠崎副社長のプロポーズを受けた翌日の昼休み。私は奈美恵を誘い、またあのお蕎麦屋さんに来ていた。

心配をかけた奈美恵にだけは篠崎副社長のことを話しておきたかったからだ。

「そっか……篠崎副社長、お腹の子供は自分の子だって信じているんだ……」

「うん、彼がそこまで言ってくれるんだから私も信じてみようって思ったの。でも、

ＤＮＡ鑑定をして篠崎副社長の子供じゃないと分かったら、その時は……」

「まさか……別れるつもり？」

「彼の気持ちは有難いけど、一緒には居られない」

プロポーズを受けた時から決めていた。それが私の精一杯の誠意。覚悟だった。

「お互い想い合っているのにね。なんか、辛いな……」

奈美恵は切なげに笑いため息を漏らす。

「辛いけど……仕方ないよ」

篠崎副社長のことが好きだから……大好きだから身を引かなきゃいけないんだ。

「それで、篠崎副社長の妹さんと話はできたの？」

「それが……結局、篠崎副社長の家には行かなかったんだよね」

私は自分の口から妊娠したことをご両親に伝えてエミリさんに謝りたかったんだけど、篠崎副社長が難色を示した。

両親のことは気にしなくていい。先に自分がエミリさんと話をするからと……。そして今朝、エミリさんが分かってくれたと篠崎副社長から電話があった。

「夜中の二時頃までずっとエミリさんと話をしていたみたい。篠崎副社長、眠そうな声だった」

「そっか、でも妹さんが納得してくれてよかったじゃない。大丈夫！　穂乃果のお腹の子は篠崎副社長の子供だよ」

有難う。奈美恵。私も今はそう信じてる。

すっかり伸びてしまった蕎麦を平らげお蕎麦屋さんを出た私達は、ゆっくりした足取りで歩き出す。

「あ、そういえば、大島社長の結婚式、三ヶ月後の八月に決まったらしいよ」

「そうなんだ……」

あんなに好きだった人が結婚すると聞いても全く感情の乱れはなかった。

「穂乃果さぁ、あれから大島社長となんか話した？」

「ううん、一度、廊下で遠くからチラッと姿を見たくらいかな……前はよく総務に来てたけど、社長になってからは顔を出さなくなったし」

「そう言われればそうだね。私も大島社長見てないや。まぁその方がいいけど」

ふたり顔を見合わせくすりと笑った直後、奈美恵が遠慮気味に「これは仮の話だけど……」と前置きして聞いてくる。

「もし……もしもだよ。穂乃果の赤ちゃんが大島社長の子供だったら……そのこと大島社長に言うの？」

私は奈美恵の問いに一笑し、大きく首を振る。

「まさか……冬悟さんは結婚するんだよ。そんなこと知りたくないだろうし、私も知られたくない。絶対に……」

「そ、そうだよね。ごめん、変なこと聞いて」

分かってるよ。奈美恵は私のことを心配してくれているんだよね。ひとりでこの子を育てていくことになるかもしれない私のことを……。でもね、もしそうなったとしても私、頑張るから。この子を産もうと決めた時からその覚悟はできている。

——二日後。篠崎家。

私が副社長の家に来た目的はふたつ。ひとつは彼のご両親と今後の予定を相談する為。

「新居は私の友人が経営している不動産会社からお勧めの新築マンションのパンフレットを持ってきてもらった。ふたりでよく相談して決めなさい」

社長が大量のパンフレットをテーブルに置くと、隣のお母さんが少し不服そうな顔をする。

「私はここで一緒に暮らせると思っていたのよ。離れだってあるんだし、穂乃果さんが産気づいた時、右京が仕事で居なかったらどうするの？　穂乃果さんもひとりじゃ不安よね？」

私への質問だったが、答えたのは篠崎副社長だった。

「いや、新婚早々同居は穂乃果が可哀想だ」

「なっ、可哀想って……私は嫁イビリなんてしませんよ」

なんだか妙な雰囲気。こんな時ってどんな顔をしたらいいんだろう。

取りあえず、笑顔で「考えてみます」と返事をして話題を変える。

「エミリさんの姿が見えませんが……今日はお留守ですか？」

私がここに来たもうひとつの目的がエミリさんと話すこと。結婚を認めてくれたエミリさんに約束を破った謝罪をしたかったから。

「いいえ、自室に居るからその内来ると思いますよ」

家に居るのに顔を出さないということは、もしかしたらショックで私に会いたくないと思っているのかもしれない。エミリさんには本当に申し訳ないことをした。

そんなことを考えていると落ち着いていた胃の不快感がぶり返し、気持ち悪くなってきた。

　ダメだ。吐きそう……我慢できない。

「……すみません、ちょっと失礼します」

　隣の篠崎副社長に声をかけ立ち上がると洋間を出てトイレに駆け込む。でも、胃の中が空っぽになっても全然スッキリしない。

　悪阻ってこんなに大変なものなの？　それにこの倦怠感……体に力が入らない。

　ふらつきながら重い体を起こしトイレのドアを押した時のこと。少し開いたドアの向こうに人の気配を感じた。

　隙間から見えたのは、鮮やかなローズレッドの唇の口角を上げ、微笑む美麗なエミリさんの顔。

「ごきげんよう。穂乃果さん」

「あ、あの……エミリさん、私……」

　彼女に謝らなければと思い足を踏み出そうとしたのだが、先にエミリさんが勢いよくドアを引いたのでノブを持っていた私は引っ張られ前につんのめる。すると彼女が倒れそうになった私を抱き留め「はーっ……」と悩ましげな息を吐き出した。

「お兄さんはこうやってあなたを抱いたの？」

「えっ？」

「答えなさい。お兄さんはあなたを抱き締めた後、いつもどこにキスするの？　唇？　それとも……この華奢な首筋かしら」

そう言うとエミリさんは私の首筋にローズレッドの唇を押し当てる。その行為にゾクッと寒気がして肌が粟立った。

「や、やめて……ください」

思わず身を捩るも凄い力で後頭部を押さえつけられ彼女の尖った爪が頭皮にめり込んでくる。その痛みに顔を歪めると更に強く抱き締められ、耳元でエミリさんの声が響いた。

「話が違うんじゃない？　あなた、お兄さんと結婚しないって言ったよね？」

「そ、それは……」

彼女の常軌を逸した行動に動揺して言葉が続かない。と、今度は容赦なく突き飛ばされ、後ろの壁に体を押しつけられた。

「ふしだらな女！　お兄さんと結婚したくてわざと妊娠したんでしょ！」

エミリさんは納得などしていなかった。私が篠崎副社長を奪ったと思っている。

「違います。でも、ごめんなさい。私、そのことをエミリさんに謝りたくて……」

「はぁ？　謝って済む問題じゃないでしょ！　悪いと思うなら、お腹の子をなんとかしなさいよ！」

大声で怒鳴り腕を振り上げたエミリさんを見て、殴られると思った。でも、恐怖で足が竦んで動けない。唯一できたのは、お腹を庇って身を屈めること。

エミリさんは約束を破った私よりお腹の子供を恨んでいる。守らないと……私の赤ちゃんを守らないと……。

必死の思いでお腹を抱え固く瞼を閉じたのだが、エミリさんの腕が振り下ろされることはなかった。

「エミリ、やめろ！」

その声に反応して薄目を開けると、篠崎副社長がエミリさんの腕を掴みワナワナ震えている。そして副社長の後を追ってやって来た社長とお母さんも愕然とした表情でエミリさんを見つめていた。

「お前……自分が何をしているのか……分かっているのか？」

篠崎副社長がエミリさんの肩を前後に大きく揺すると彼女の表情が一変。大きな瞳に涙を溜め弱々しい声で訴えるように言う。

「私はお兄さんを助けたくて……子供さえ居なくなれば、お兄さんは自由になれるんだよ。だから私がお腹の子を……」

「黙れ！」

篠崎副社長が声を荒らげたのと同時に乾いた音が響き、頬を押さえたエミリさんが号泣しながら崩れ落ちる。

彼女の頬を叩いたのは社長だった。社長は私に詫びると泣きじゃくるエミリさんに向かって静かに語りかける。

「私は今までお前のわがままを大目に見て好きなようにさせてきた。だが、今回ばかりは黙っているわけにはいかない。エミリ、この家を……出て行きなさい」

「そんな……パパは私より、この女の方が大事なの？」

社長は、髪を振り乱し自分の足に縋りつく娘に冷めた視線を向けて大きく息を吐く。

「明日、熱海《あたみ》の麗子《れいこ》叔母さんのところに行きなさい」

その言葉に反応したのはお母さんだった。ふたりの間に割って入り、声を上げて泣くエミリさんを抱き締める。

「あなた、どうかエミリちゃんを許してあげてください。悪いのは私……エミリちゃんを育てた私が悪いんです」

お母さんも泣きながら何度も頭を下げていたが社長が譲歩することはなかった。

「私がいいと言うまで戻って来ることは許さない」

そして事態を静観していた篠崎副社長もエミリさんを庇うことなく、無言で泣き叫ぶふたりを見つめている。

ああ……どうしよう。大変なことになってしまった。私が関わったせいで篠崎副社長の家族が壊れていく……。

「あ、あの、待ってください」

私は歩き出した社長の後を追い、エミリさんを許して欲しいと必死に懇願した。

良好な関係だった篠崎家の人達が私のせいでバラバラになってしまうのが耐えられなかったからだ。しかし篠崎副社長が私の腕を摑み、首を振る。

「穂乃果、父が決めたことだ」

「でも、エミリさんが……」

すると背後からエミリさんの金切り声が聞こえてきた。

「あんたなんかに庇ってもらいたくない！　行けばいいんでしょ。熱海でもどこへでも行ってやるわよ！」

5　お仕置きはベッドの上で

篠崎家を訪れた翌日の午前十時、仕事が一段落したので渋めの緑茶をすすっていると、突然部長が血相を変えて駆け寄って来た。

「さ、相良さん、でで、電話！　篠崎コーポレーションの社長から外線二番！」

「えっ？　私に、ですか？」

「前は奥さんからだったけど、今度は社長直々に……君、何やらかしたの？」

まさか……昨日、私がエミリさんのことで余計なことを言ったから怒っているんじゃあ……社長はあの後、書斎に行ったきり私が帰る時も姿を見せなかったもの。

ドキドキしながら電話に出ると、今から迎えの車を向かわせるので篠崎コーポレーションの本社に来て欲しいと。

口調は穏やかで怒っているようには思えなかったけれど、仕事中にわざわざ車をよこしてまで呼び出すということは、重要な用件なんだ。

迎えに来た黒塗りの車のドアを開けてくれたのは、ロングヘアの綺麗な女性。

「相良穂乃果さんですね。私、篠崎副社長の秘書をしております、波野と申します」

「えっ……篠崎副社長の秘書の方？」

実際には、社長から私を連れて来るよう指示を受けたのは社長秘書だったらしい。

「丁度、篠崎副社長がクライアントと昼食を兼ねた商談に出掛けられて私は社で待機中でしたので、社長秘書にお願いして代わって頂きました」

波野さんはその理由を、どうしても私に会いたかったからだと事もなげに言う。

篠崎副社長の秘書さんが私に会いたかった？

「あの、それはどういうことでしょ……」

理由を聞こうと口を開くも言い終わらないうちに答えが返ってきた。

「何よりも仕事優先の篠崎副社長が仕事をキャンセルして会いに行かれた方がどんな女性なのか確かめたかったからです」

それって、もしかして彼が私のマンションに来てプロポーズしてくれた時のこと？知らなかった。あの日、大切な仕事があったのにそれをキャンセルして私に会いに来てくれたんだ。

「そうだったのですか……ご迷惑をおかけしたようで、申し訳ございません」

責任を感じ謝ると、波野さんが「意外ですね」と冷めた視線を私に向ける。

「篠崎副社長の好みのタイプがあなたのような方だったとは……てっきり、凛とした強い女性がお好きだとばかり……はっきり言って、ショックです」

ショック……か。そうだよね。私みたいな平凡な女が篠崎副社長の彼女だなんて納得いかないよね。

もっともな意見に反論することもできず下を向いて黙り込んでいると、車が速度を落としてダークグレーの円形ビルの地下駐車場へと入っていく。

「どうぞこちらに……」

車を降りた私は波野さんの後に続き役員専用のエレベーターに乗り込む。その間も彼女は終始無表情で、それが異常に怖かった。

到着した最上階のフロアは天井が高く、床はピカピカの黒いマーブル模様の大理石。シミひとつない真っ白な壁には著名な画家の絵画が等間隔に飾られていて、まるで美術館のよう。大島貿易の築三十五年のビルとは大違いだ。

「……こちらが社長室です」

波野さんが大きな扉の前で立ち止まり、振り向いて私をジッと見る。その眼力に圧倒されフリーズするも突然彼女の表情が緩み、ふっと笑った。

「正直に申し上げますと、仕事中に篠崎副社長を呼び出すような非常識なことをする相良さんにいい印象は持っていませんでした」

「えっ……私、そんなことは……」

「分かっています。相良さんを一目見てそれは私の誤解だったと気づきました。相良さんはそんなことをするような方ではない」

凄い洞察力。一目見ただけで相手がどんな人か分かるんだ。さすが大企業の副社長秘書。

「篠崎副社長はこれから篠崎コーポレーションを背負って立つお方。副社長は数千人の社員とその家族の生活を守る義務と責任があります。もちろん副社長もひとりの人間ですから個人の事情もおありでしょう。しかし勝手に仕事を放り出すようなことは許されません。私はそのことを相良さんにお伝えしたくてお迎えに上がったのですが、その必要はなかったようですね」

そして波野さんは私にひとつだけお願いがあると言う。

「篠崎副社長の仕事の邪魔だけはしないでください」

ストレートにものを言う人だけど、それは篠崎副社長と会社を思ってのこと。彼女は悪い人ではない。そう思ったから「分かりました」と即答したのだが、私の返事を聞いた波野さんが少し驚いたような顔をする。

「一方的にこんなことを言われて怒りは感じないのですか？」

「怒り？　いえ、特に怒りは感じませんが……」

　正直に答えた私を彼女はさっきよりも更に驚いた表情で見つめた。

「相良さんのような方は初めてです」

　波野さんは篠崎副社長が海外支社の支社長をしていた時から秘書をしていたそうだ。当時から篠崎副社長は女性に人気があり、パーティー会場などで会った女性から副社長に取り次いで欲しいという電話がしょっちゅうかかってきていたらしい。

「私はそのような女性からアプローチがあると、今、相良さんに申し上げたことと同じことをお伝えしてまいりましたが、全員がほぼ同じ反応でした。『秘書ごときが偉そうに……あなたにそんなことを言われる筋合いはない』と。そして二度と連絡はありませんでした。素直に受け入れてくださったのは、相良さんが初めてです」

　そして波野さんは「仕事では私が篠崎副社長を全力でお支えします。相良さんはプライベートで副社長を癒して差し上げてください」と微笑んだ。

　どこまでも上から目線だけれど、波野さんのような人が居るから篠崎副社長は周りの雑音を気にせず仕事に没頭できる。それが分かっているから篠崎副社長は彼女に秘書を任せているんだ。

「では、私はここで失礼します」

丁重に頭を下げた波野さんを見送り、覚悟を決めて社長室のドアをノックすると中から「どうぞ」という声が聞こえた。

「し、失礼します……相良穂乃果です」

窓際の大きなデスクに座っていた社長がゆっくり立ち上がり、こちらに向かって歩いて来る。

「仕事中に呼び出して悪かったね」

「い、いえ……昨日は申し訳ございませんでした」

取りあえず謝ろうと頭を下げたのだが、社長は神妙な表情で首を振り、私の背に手を添えてソファに座るよう促す。

「詫びなければならないのは私の方ですよ。エミリがあんなことをするとは……昨夜はショックで見送りもできず申し訳なかった。エミリは今朝早く私の妹が女将をしている熱海の旅館に行きました」

エミリさん、本当に篠崎家を出たんだ……。

「そのことなのですが、エミリさんを許しては頂けませんか？」

「君は昨夜もそう言っていたね。あんな酷いことをされたのに、なぜ？」

エミリさんは小さい頃から篠崎副社長のことが好きだった。将来は彼と結婚したいと思っていたのに、私が現れて突然妊娠を告げられたんだ。彼女の気持ちを考えると辛くて……。

「私も以前、エミリさんと同じような思いをしたことがあります。ですからエミリさんの気持ちがよく分かるんです。エミリさんを責めることはできません」

「穂乃果さんは優しい人だ」

社長は大きく息を吐くと少しだけ前屈みになる。

「しかしこれは私達親子の問題なのです。右京から聞いていると思いますが、エミリは生まれてすぐ実の母親を亡くしている。私はそんなエミリが不憫で甘やかしてしまった。その結果があれです。自分の思い通りにならないと見境がなくなり激高する。あの性格を直さなければ、エミリは幸せにはなれない」

熱海の旅館に行かせたのも、仕事をしたことがないエミリさんに世間の厳しさを知ってもらいたいから。決して勘当して追い出したわけではないと。

「熱海の妹もエミリのことを心配していてね。エミリを自分に預けてくれたら厳しく仕込んでやると、度々電話がかかってきていたんですよ」

「では、エミリさんは戻って来るのですか？」

「もちろん。しかしすぐに……というわけにはいかないが……」

社長は、私が出産するまでエミリさんを戻すつもりはないと強い口調で断言した。

「本音を言えば、私も娘と離れるのは辛い。だが、親が近くに居れば、あの娘は甘えて変わろうとはしないでしょう。特に妻の傍に居ると……妻は昨夜からエミリが可哀想だと泣きっぱなしでね。今朝、エミリが出発する時もひとりで行かせるのは忍びない。自分も一緒に行くと言って車に縋りついて泣いていました」

しかしお母さんを行かせるわけにはいかない。どうしたものかと思案していると庭師の本田さんが自分でよければ同行させて欲しいと申し出たそうだ。

「本田さんがエミリさんと一緒に熱海へ？」

「妻は真面目で実直な本田君を信頼していますし、エミリも普段から本田君を頼りにしている。適任だと判断したんですよ」

「そうですか……私のせいで篠崎家の方々や本田さんにまで迷惑をかけてしまいました。本当に申し訳ありません」

責任を感じ深く頭を下げるも、社長は私の方が被害者なのだから気にしなくていいと微笑む。

「これはエミリの為だが、妻の為でもあるんです。もっと早くこうするべきだった」

お母さんはエミリさんが生後二ヶ月の頃からベビーシッターとして彼女を育ててき

た。そして一年後には母になり、それまで以上に責任を感じながらの育児だった。

「妻はエミリを大切に育ててくれた。我が子の右京よりも大切に……その過保護ぶりは尋常ではなかった」

お母さんは、エミリさんを立派に育て上げることが自分と篠崎副社長を助けてくれた社長への恩返しだと言っていたそうだ。その強い思いからエミリさんを溺愛し、彼女の願いは全て叶えてきた。

「妻には、恩返しをしなければいけないのは私の方だと言ったんだが、余程前の暮らしが大変だったんでしょう。自分達が今生きているのは私のおかげだなんて言ってね、右京にも感謝の気持ちを忘れるなと……そのせいで右京まで私に気を使うようになってしまって……そんなこともあり、右京が見合いを断ってきた時は心底驚きました」

でも、心の中では嬉しかったのだと。やっと本当の親子になれたような気がして。

「だからお見合いを断って私とのことを認めてくださったのですか？」

「右京が初めて私に逆らったんだ。あいつなりに相当な覚悟があったはず。その想いを汲んでやりたいと思ってね」

目尻を下げた社長は完全に父親の顔をしていた。が、すぐに浮かない表情でため息を漏らす。

「実はね、ここ数年、ずっと考えていたことがあるんだよ。右京は本当に幸せなのかと……」

「どういうこと……ですか？」

「右京の妻になる穂乃果さんだから話すんだが、右京には血を分けた実の父親が居る。その父親との縁を私が切ってしまったような気がしてね」

篠崎副社長は口では実の父親に会うつもりはないと言っているが、本当は会いたいと思っているのではないか。もしそうなら自分がその邪魔をしているのでは……社長はそんな風に考えていた。

「では、社長は、篠崎副社長が実父と会ってもいいと思っているのですか？」

「右京だけじゃない。妻も……なんの説明もないまま引き裂かれるような形で離れてしまったからね。妻の中ではまだ納得いかないという気持ちが残っていて決着できていないような気がするんだよ。わだかまりがあるならそれをなくしてもらいたい。そうすれば、妻の心の傷も癒えるはずだ」

なんて寛大な人なんだろう。こんなにも愛情深く優しい人、そうは居ない。でも、お母さんが篠崎副社長の本当のお父さんと会ってわだかまりが解けたら、またふたりの間に愛情が芽生える可能性だってある。社長は心配じゃないのかな？

疑問に思いやんわり聞いてみると、大笑いされた。

「木杭に火がつくか……ハハハ……穂乃果さんは面白いことを言うねぇ。大丈夫。私は妻を信じている。彼女は私を裏切ったりはしないよ」

わわっ、そうだよね。私、めっちゃ失礼なこと聞いちゃった。

「話が逸れてしまったが、君をここに呼んだのはエミリのことを謝りたかったから。家だと妻が居るからこんな話はできないからね」

「いえ……私も社長とお話しができてよかったです。それと、篠崎副社長が言っていました。自分の父は社長だけだと……その言葉に嘘はないと思います」

篠崎家の人達は血の繋がりがなくても強い絆で結ばれている。とても愛情深い家族なんだ。

「そうか、右京がそんなことを……右京の気持ちは嬉しいが、やはりいつか本当の父親に会わせてやりたいね」

篠崎副社長がそれを望んではいないということは分かっていたけれど、社長の優しさに心打たれ何も言えなくなってしまった。

「あ、そうそう、右京はすぐにでも穂乃果さんと籍を入れたいと言っていたよ。私と妻も同じ気持ちだ。穂乃果さんが私達の娘になるのを楽しみにしているからね。それと、孫に会うのも……」

あ……。

とても優しい笑顔。でも、その笑顔から発せられた言葉が私を酷く動揺させた。

私は社長とお母さんを騙しているのかもしれないんだ……。

罪悪感で胸が苦しくなり、ここでこうやって社長と向き合っていること自体、罪なのではと思ってしまう。

お腹の子が篠崎副社長の子供じゃなかったら、この人達の娘にはなれない。なっちゃいけないいんだ――。

そんな私の不安をよそに結婚話はとんとん拍子に進み、両家の顔合わせも無事済んで後は籍を入れるだけ。

ただ、私の悪阻が酷く、式と新婚旅行は出産後、落ち着いてからということになった。安定期に入れば大丈夫なのではという意見もあったが、私がどうしてもとお願いしてそうしてもらった。

安定期に入ったとしても妊娠していれば、突然体調が悪くなるかもしれない。そうなったら皆さんに迷惑をかけるかも……なんてもっともらしい理由を並べたけれど、本音はお腹の子の父親が誰か判明するまで式は挙げたくなかった。

篠崎副社長に『俺の子供だと信じろ』と言われ、一旦は私もその可能性に賭けようと決め彼のプロポーズを受け入れたものの、入籍の日が決まると本当にこのままでいいのだろうかと不安になり、段々苦しくなってきた。

いっそのこと、社長とお母さんに全てを話して破談にしてもらおうかとも考えたが、自分の子供だと信じてくれている篠崎副社長の気持ちを考えるとそれもできず、時間だけが過ぎていった。

彼のお母さんに妊娠を疑われなかったらこんなことにはならなかったのに……どうしてあのタイミングで気持ち悪くなったんだろう。それだけが悔やまれる。


「今日で穂乃果ともお別れか～、寂しいな……」

隣のデスクの奈美恵がため息交じりに言う。

「うん、私も寂しい……」

悩んだ末、私は大島貿易を辞めることにした。この仕事は好きだしできれば続けたかったけれど、この先のことを考えるとそうも言っていられない。

もし、お腹の子が冬悟さんの子供だったら……。

そのことを冬悟さんには絶対に知られたくない。そうなると、このまま大島貿易で働き続けるのは大きなリスクになる。

表向きは寿退社だったが、実際は冬悟さんから逃げる為の退職だった。

「皆で盛大な送別会しようって言ってたのに断るんだもんな〜」

「ホント、ごめんね。こうしていても気持ち悪くて……送別会の最中にダウンしたら皆に悪いし……」

「そっか〜、あんま無理しちゃダメだよね。仕方ないか」

私が妊娠していることを知っているのは奈美恵だけ。会社の人は誰も知らない。いずれ皆の耳にも入るとは思うけど、今はまだ……。

「明日になったら篠崎穂乃果になっちゃうんだ……ねぇ、穂乃果、結婚してもまた会えるよね?」

「当たり前じゃない。連絡するから」

全ての事情を知っているのは奈美恵だけだもの。これからも相談に乗って欲しい。

「ごめん……ちょっとトイレ……」

仕事中は気が張っているから家に居る時より悪阻は楽だけど、胃のムカムカは相変わらずだ。

オフィスを出て速足で廊下を歩いていると背後から名前を呼ばれた。

この声は……。

「今日で会社を辞めるそうだな」

「冬悟……さん」

皮肉にも私がプレゼントしたあのダークグレーのスーツを着ている。

「昨日、定例会議で篠崎コーポレーションの本社に行ったら、会議が終わる直前、篠崎社長が突然重大発表があるって言うから何かと思ったら、副社長が入籍するって報告だったよ。まさか穂乃果が本当に副社長と結婚するとはな……」

「えっ、社長が？」

妊娠のことも知られたのではと焦ったが、そのことはまだ知らないようだ。

入籍する日が決まった時、私が妊娠しているということはまだ公表しないで欲しいと篠崎のご両親にお願いしていた。だから社長は約束を守って黙っていてくれたんだ。

「大島社長も結婚式の日取りが決まったそうで……おめでとうございます」

余計なことを言って勘ぐられるのがイヤだったので話を逸らし、一礼して歩き出したのだが、まだ話は終わってないと引き止められる。

「でも、篠崎副社長は、穂乃果が自分と付き合いながら俺とも付き合っていたことを知っていたんだろ？　俺だったら二股をかけられていた女と結婚しようなんて思わないけどな」

自分のことは棚に上げてよくそんなことが言えたものだと腹が立つ。だけど、ここで言い返せば墓穴を掘る可能性もある。唇を噛みグッと堪えた。

「なんだよ。その顔は？　文句があるなら言えよ」

「文句だなんて……」

「俺と副社長を天秤にかけていたんだろ？　大人しそうな顔して腹黒い女だ。なぁ、どうやってあの色男をその気にさせたんだ？」

薄ら笑いを浮かべジリジリ迫って来る冬悟さんを避けようと後退るも壁に阻まれこれ以上、後ろに下がれない。

「や、やめて……」

「何がやめてだ。少し前までは自分から擦り寄ってきていたくせに……まぁでも、この体で随分楽しませてもらったし、今思えばいい女だったよ」

いやらしくせせら笑う冬悟さんの顔を間近に見て鳥肌が立った。

どうしてこんな人を好きだったんだろう。冬悟さんからのプロポーズを心待ちにしていた自分が情けない。

過去の自分に落胆し激しく後悔する。

「でもなぁ、お前みたいな女に篠崎コーポレーションの次期社長の妻が務まるかねぇ。副社長に愛想を尽かされたら俺が面倒見てやってもいいぞ。愛人としてな」

最低な男……おそらく冬悟さんは結婚しても女遊びはやめないだろう。

怒りを通り越して悲しくなった。そしてこれから冬悟さんと結婚する松葉琴音さんが気の毒でならない。

「まぁ、副社長に嫌われないように精々頑張るんだな」

彼は私の肩をポンと叩くと不敵な笑みを残し去って行った。


――それは、迷いに迷った末の決断だった。

「俺の家で同居？　本当にそれでいいのか？」

夜景が見える大きな窓を背にしたバスローブ姿の篠崎副社長が困惑気味に眉を下げ

る。

　ここは、私達が初めて出会ったホテルのスイートルーム。明日、ふたりで区役所に婚姻届を提出するので、それなら今夜は一緒に過ごそうということになり、彼が予約を入れてくれたのだ。

「わざわざマンションを買わなくても篠崎副社長の家には立派な離れもありますし、そこでいいんじゃないかなって思って……」

　購入予定のマンションの引き渡しは一ヶ月後。それまでは篠崎副社長の実家の離れで仮住まいをすることになっていた。

「それに、お母さんが言うように、ひとりの時に陣痛がきたらと思うと不安で……」

　副社長は、私が彼のお母さんに気を使ってそんなことを言い出したのではと心配していたが、そんなことはない。社長から渡されたパンフレットはどれも都心の一等地に建設中のタワーマンションばかり。篠崎副社長が選んだマンションの購入金額は億を超えていた。そんな高級マンションを買って、もしお腹の子が彼の子供じゃなかったら……そう思うと申し訳なくて。

　明日、婚姻届を提出した後にマンションの本契約をすることになっているから断るなら今しかない。だけど、篠崎副社長は納得いかないようで、子供みたいに唇を尖らせ不服そうに零す。

「俺は穂乃果とふたりの生活を楽しみにしていたんだけどなぁ……」

「同居と言っても私達が暮らすのは離れですし、ふたりみたいなものです」

「まぁそうだが……ひとりが不安なら、穂乃果の実家に帰って里帰り出産でもいいんだぞ。君もその方が気が楽だろ？」

「それも考えたんですが、ウチは家族で定食屋をしているので父や兄夫婦は朝早くから店に行って殆ど家に居ません。それに私が帰ったら義姉の仕事を増やすことになるから……」

これは嘘ではない。私の家は母が亡くなっているからお義姉さんが家事全般を引き受け店の手伝いもしている。そこに出産間近の私が帰ればどうなるか、容易に想像がつく。

「父や兄を支えて頑張ってくれているお義姉さんに迷惑をかけるようなことはしたくないの」

「そうか……エミリのこともあるから同居はどうかと思ったんだが、穂乃果がそうしたいと言うなら仕方ないな。まぁ、エミリも暫く熱海に居ると思うし、住むところは子供が産まれて落ち着いてからまた考えればいいか」

優しい笑顔……彼が幸せそうに笑う度、私は不安になる。

私と篠崎副社長にそんな未来はあるのかな？　どうかお腹の子が副社長の子供でありますように……そう願わずにはいられない。

「穂乃果……おいで」

クイーンサイズのベッドに腰を下ろした彼が目を細めて手を差し出してきた。その手を取れば、ゆっくり膝の上へと誘われ後ろから抱き締められる。

「俺の可愛い穂乃果……明日になれば、君は俺の妻だ」

首筋に感じる柔らかい唇。その心地いい体温に反応して全身から愛しさが溢れてくる。

「こっち向いて……穂乃果とキスしたい」

私も篠崎副社長といっぱいキスしたい。ずっと、ずーっと、永遠にあなたとキスしていたい。

横座りになり、目線を下げて彼の頬を両手で覆うと自分から唇を重ねた。でも……。

後何回、こうやって篠崎副社長とキスできるんだろう……。

そんな思いが頭を掠めると堪らなくなり、夢中で彼の頭を抱き締め食《は》むように何度も口づけを繰り返す。そして自ら舌を差し入れ、並びのいい歯を左右になぞり弾力のある熱い舌を吸い上げた。

「今日はやけに積極的だな。でも、そんな穂乃果もいい……」

背中に添えられた手に支えられベッドに倒されると今度は篠崎副社長が情熱的なキスを返してくる。

漂う熱気、激しく求め合い反応する体──私達の愛欲はピークに達していた。だけど……。

「大事な時期だ……我慢しないとな。お腹の子が苦しむといけない」

優しく微笑んだ彼はそれ以上求めてくることはなかった。


翌日、区役所の時間外窓口に婚姻届を提出して私と篠崎副社長は夫婦になった。

驚いたのは、長い人生の中で一番の大イベントだと思われる結婚の手続きが僅か数分で簡単に済んでしまったこと。

昨夜は緊張してなかなか寝つけなかったのに、ちょっぴり拍子抜けだ。

市役所の駐車場に停めていた車に戻ると、彼がダッシュボードからサテン地の楕円形のケースを取り出し爽やかな笑みを浮かべる。

「新婚旅行も式の後だから結婚した実感が湧かないかもしれないが、これを見れば穂乃果は俺の妻……そう思えるはずだ」

篠崎副社長は私の左手を取り、薬指にシルバーとゴールドが網目状になったリングを滑らせる。

「結婚指輪……ですか？」

「そう、この世でたったひとつ。俺と穂乃果だけのオリジナルリングだ。さぁ、次は穂乃果がはめてくれ」

急かすように左手を差し出す篠崎副社長の瞳は少年のようにキラキラ輝いていて、少し骨張ったすらりと長い指に指輪を通すとその瞳は更に輝き、形のいい唇から白い歯が覗く。

「穂乃果と出会うまでは結婚指輪をしている男の気持ちが理解できなかったが、今なら分かる。俺は何があってもこの指輪を外さないからな」

神父様も誓いの言葉もないふたりきりの指輪の交換だったけれど、最高に幸せな瞬間だった。

「私も外したくない。一生、篠崎副社長の傍に居たい」

感極まって彼に縋りつくと嬉し涙が零れ落ちる。そんな私の背中を幼子をあやすようにポンポンと叩いてくれていた篠崎副社長だったが、暫くすると体を離し、私に頼みがあると言う。

「もう穂乃果は子会社の社員じゃない。そろそろ篠崎副社長と呼ぶのはやめてくれないか」

「あっ……そうですよね」

「今日からは、右京と呼んでくれ」

右京……さん？　なんだか慣れなくて変な感じだ。

そして彼は私のお腹を撫で「この子の名前も考えないと」と微笑む。

「赤ちゃんの名前……ですか？」

「ああ、俺達の宝物に最高の名前をプレゼントしないとな」

俺達の宝物……彼は全く疑っていない。本気でこの子を自分の子供だと思っている。

右京さんの言葉が胸に沁み、また涙が溢れてきた。

それから私の父親に電話をして無事入籍したことを伝えると、お父さんは一言『そうか……』と言ったきり押し黙り、暫くしてようやく『右京君は素晴らしい青年だ。添い遂げて幸せになるんだぞ』と涙声で呟いた。

お父さん、私は幸せだよ。右京さんにこんなにも愛されているんだもの。でもね、彼と添い遂げられるかはまだ分からない。もし別れることになっても悲しまないで。それが私の愛し方なの……。

篠崎家に到着した私達は、彼のご両親に入籍を済ませたこと、そしてマンションはキャンセルして離れで暮らすことにしたと報告した。

お義母さんはとても喜んでくれたけれど、社長改め、お義父さんは右京さんと同じで、本当にそれでいいのかと何度も聞いてくる。

「はい、ここはお庭も広いですし、公園に行かなくても自然と触れ合えます。高層マンションに住むより環境はずっといいと思います」

お義父さんはまだ半信半疑という感じだったが、お義母さんは私の言葉に大きく頷き、満面の笑みだ。

「そうよね。生まれてくる子供にとってもいいと思うわ。離れが新居になるなら家具もちゃんと揃えないとね。私はイタリア製がいいと思うんだけど、穂乃果さんはどういうのがお好み？」

　恐縮しつつ今あるので十分だと答えるも、結局、取引がある高級家具店の担当者を呼び、イタリア製の家具一式を購入することになってしまった。

　家具店の担当者が帰った後、浮かれているお義母さんに右京さんがチクリと釘を刺す。

「同じ敷地内に住んでいても勝手に俺達の家に上がり込むのだけはやめてくれよ。親子でもプライベートはきっちり分けてもらわないと困る」

　険しい表情で何度も念を押していた右京さんだったが、母屋から徒歩一分ほどの新居の離れに移動してリビングのソファに座ると途端に穏やかな表情になり、安堵したように深い息を吐く。

　彼が言うには、お義母さんはエミリさんが熱海に行ってからずっと塞ぎ込んでいて、あんなに楽しそうに笑っている姿を見るのは久しぶりなのだと。

　だったらあんなきついことを言わずにもっと優しい言葉をかけてあげればいいのに。

「穂乃果のおかげだ。有難う」

　心の中では心配しているのにね。

「私は何も……でも、お義母さんが元気になってくれて本当によかった。エミリさんのことは私にも責任がありますから」

「いや、穂乃果は何も悪くない。悪いのはエミリ……そしてエミリを甘やかしてしまった俺達家族の責任だ」

右京さんとお義父さんって血の繋がりはないけど、考え方や発言がとてもよく似ている。まるで本当の親子みたいだ。

「それより体の具合はどうだ？」

彼は私を隣に座らせ、心配そうに頬を撫でる。

「大丈夫です。今日は色んなことがあったから悪阻のこと忘れてました」

とは言ったものの、絶好調というわけではない。常に不快感はある。でも、今日は割と楽な方だ。

気分がいいうちに家の中を確認しておこうかな。

この離れは元々来客用に建てられ、主に海外のお客様がみえた時に使用していたらしい。でも、五年ほど前にお義母さんが体調を崩してからはお客様を招待するのを控えていたそうだ。

そんな時、エミリさんがお世話になっている熱海の麗子叔母さんの娘さんが東京の大学に進学が決まり、一年前までここに住み大学に通っていたと聞いている。その時に全面改装しているから室内は新築同然でとても綺麗だし、娘さんが使っていた家電製品がそのまま残っているから新たに買い揃える必要もない。

ここに住めば最低限の出費で抑えられると思ったのに、イタリア製の家具は予想外だったな……。

「右京さん、お茶でも入れましょうか」

苦笑いを浮かべ立ち上がろうとしたのだけれど、肩を抱く腕に引き戻される。

「気分がいいならキスしてもいいよな？」

言うより早く唇を奪われてソファに押し倒された。

「う、右京……さん？」

一瞬唇が離れたタイミンクで彼の名を呼ぶも、すぐに口を塞がれ侵入してきた熱い舌に口腔内を撹拌される。突然の強引なキスに戸惑い目を見開くと上半身を起こした右京さんが自分の唇をペロリと舐め、色っぽい目で誘うように私を見た。

「穂乃果が……欲しい……」

その艶っぽい声が耳に響いた直後、大きな手が胸の膨らみに触れ、強く揉みしだかれる。

「あっ……右京……さん」

まだ明るいのにリビングでこんなこと……いいのかな？

今この家には私達しか居ない。だけど、隣の母屋には彼の両親が居る。広い庭を一望できるあの大きな窓からいつお義母さんが顔を覗かせるか分からないのだ。

レースのカーテン越しに見える庭木が風に揺れただけでドキッとして落ち着かないのに、既に右京さんの手がブラウスのボタンを外し始めている。

ああ……どうしよう。

焦りと不安で窓から視線を逸らすことができない。でも、肌の上を舌が這い甘噛みされると体は素直に反応し、彼の唾液で濡れた部分がじわじわと熱を持ち始めた。

ヤダ、私……感じてる。

そしてはだけたブラウスの間から侵入してきた彼の手が背中を撫で、胸の締め付けが解かれた瞬間、私の視線は窓から離れて熱を孕んだ切れ長の瞳を見つめていた。

ああ……右京さん、私も……右京さんが欲しい……。

気持ちが高ぶり、体の内側から湧き上がってくる情欲に抗うことができない。でも、彼の手が胸から滑り落ちみぞおちの辺りに触れた時、ハッとして目を見開いた。

あっ……赤ちゃん。

私が我に返ったのとほぼ同時に彼の動きも止まる。

「……安定期に入るまでは禁欲……だったな」

苦しそうに眉を顰め、私とお腹の赤ちゃんの為に必死に欲望を抑え込もうとしてくれている。

「……ごめんなさい」

「どうして謝る？　俺達の子供の為だ」

右京さんは私のブラウスのボタンを留めながら優しくお腹にキスをしてくれた。

「気にするな。後少しの辛抱だ。穂乃果も悪阻で辛い思いをしている。俺だってそのくらい我慢しないとお腹の子に笑われるよ。生まれる前から父親失格だなんて思われたくないからな」

慈愛に満ちた柔らかな視線——彼は既に父親の顔をしていた。

この時を境に私の考えは大きく変わった。

もうネガティブなことを考えるのはよそう。右京さんが自分の子供だと信じてくれているのだから、私も信じる。きっと、この子は右京さんの子供だ——。

気持ちが落ち着いたからか、それからはとても穏やかな日が続いた。

自分がこの世で一番不幸だと嘆いていたのが嘘のよう。

「右京さん、いってらっしゃい。気をつけてね」

「ああ、無理するんじゃないぞ。調子が悪かったら家のことはいいから休みなさい」

迎えの車の到着を知り慌てて玄関のドアを開けた右京さんだったが、なぜか回れ右をして戻って来る。

「忘れ物ですか？」

「ああ、大事なことを忘れるところだった」

彼は私の顎を持ち上げると啄むようなキスをし、少し膨らみ始めたお腹を愛おしそうに撫でる。

「穂乃果にキスしないで出掛けるとどうも落ち着かなくてね。じゃあ、行ってくる」

彼の笑顔は玄関から差し込む初夏の日差しより眩しい。

石畳を速足で歩いて行く右京さんの後ろ姿を見つめながら、私はあなたの癒しになっているのかな？　そう心の中で呟くと、門の手前で右京さんが振り向いて軽く右手を上げた。

えっ？　私の心の声が聞こえたの？　まさか、そんなはずないか。

でも、それがあなたの答えのような気がして嬉しさが込み上げてくる。

癒してもらっているのは私の方なのかもしれないな。

そんなことを考えながら洗濯物を干して部屋の掃除を済ませると、いつものルーティンでスニーカーを履き、日傘を持って庭に出た。

右京さんが居ない平日はいつも一仕事終えた後にのんびり庭を散策している。青葉の臭いを嗅いで小川のせせらぎを聞く。とても贅沢で幸せな一時。ここが都会の真ん中だということを忘れてしまいそう……。

澄んだ空気を胸一杯に吸い込んだ時、母屋の横でお義母さんが草取りをしている姿が見えた。

結婚初日に右京さんから家族であってもプライベートには立ち入らないよう釘を刺されたお義母さんは、余程の事がない限り私達の家に来ることはない。来る時は必ず事前に電話をしてきてこちらの都合を聞いてくれる。

それはとても有難いことだ。でも、必要以上に気を使わせているのではと思うと心苦しく、姿を見かけた時はできるだけ私の方から声をかけるようにしていた。

「私もお手伝いさせてください」

しかしお義母さんは慌てたようにプルプルと首を振る。

「屈むとお腹に負担をかけるからダメよ！」

そして雑草を恨めしそうに睨むとため息をつき、力を込め手元の草を引き抜いた。

「雑草の処理も本田君がしてくれていたんだけど、今は熱海だから……」

本田さんはエミリさんと熱海に行ったきり、まだ帰ってきていない。

「エミリさん、慣れない仕事で大変でしょうね」

「そうね……辛いと思う」

エミリさんは今まで人の為に何かをするという経験がないので、熱海に行ったばかりの頃は旅館のお客様と派手に喧嘩したり、拗ねてトイレに立て籠もったりしていたようだけど、今は落ち着いて仕事を頑張っているそうだ。

「穂乃果さん、エミリちゃんにあんな酷いことをされたのに、主人にエミリちゃんを許してやって欲しいって言ってくれたそうね。有難う……」

「いいえ、エミリさんの気持ちも分かりますので……」

お義母さんは微苦笑しながら立ち上がると私の背中を優しく押す。

「ハーブティーはいかが？」

母屋の西側にはテラスがあり、午前中は日陰になっているので、時々ここでお義母さんご自慢のハーブティーをご馳走になっていた。しかしまだお互い遠慮があり、当たり障りのない世間話をする程度だった。でも、今日はいつもと違っていた。

白いガーデンテーブルにガラス製のティーカップを置いたお義母さんが唐突に言う。

「本当はね、私……右京とエミリちゃんの結婚に賛成だったの」

「えっ……そうなんですか？」

「エミリちゃんが右京のことを好きだということは随分前から知っていたし、エミリちゃんがそれを望むならと思ってね。右京が帰国して喜ぶエミリちゃんを見て心が決まったの。でも、主人が兄妹が結婚するなんてあり得ないって反対して知人の娘さんとお見合いさせようとしたの」

それがお義父さんの本意だと思ったお義母さんは、この縁談をなんとしてもまとめなくてはと思う。

「そのせいで穂乃果さんに辛く当たってしまって……あの時のこと、本当にごめんなさいね」

その後、お義父さんが見合いを断り、私との結婚を賛成したことでお義母さんの考えも変わった。

「主人の言うように、やっぱり好きな女性《ひと》と結婚するのが一番よね。今は右京が穂乃果さんと一緒になってくれて本当によかったと思っているのよ」

そう言ってもらえるのは嬉しい。でも、心の中でモヤモヤしたものが徐々に大きくなっていく。

お義母さんの本心はどこにあるんだろう。エミリさんの為に兄妹での結婚を認めようとするもお義父さんが右京さんの見合いを決めるとそれに従い、その見合いを断ると今度は私との結婚を全力で応援してくれた。お義母さんが本当に望んでいた右京さんの結婚相手は誰だったの？

笑顔の裏の真意を探っていると、お義父さんに篠崎コーポレーションの社長室に呼び出された時のことを思い出す。

お義父さんは自分に気を使い忖度するお義母さんのことを案じていた。本当はなんでも言い合える夫婦になりたいと思っているんだ。

「あの……凄く失礼なことだと思うのですが、言ってもいいですか？」

「え、ええ、どうぞ」

「お義母さんは社長夫人としてお義父さんを立派に支え、なお且つ家のことも完璧にこなしています。私にはとても真似できません。そんな凄いことをしているのですから、少しくらいわがままを言って自己主張してもいいと思います」

どうしても我慢できず、つい勢いで言ってしまったが、今まで笑顔だったお義母さんの表情が険しくなるのを見て、しまったと思った。

「あぁ……私、余計なことを……すみません」

慌てて頭を下げると逃げるようにテラスを後にする。

どうしよう。お義母さんを怒らせてしまった。なんであんなこと言っちゃったんだろう。

自宅に戻りどんより落ち込んでいると、リビングのローテーブルの上に置いてあったスマホが鳴り出した。

えっ？　奈美恵？　まだ昼休みになってないのにどうしたんだろう？

不思議に思いながら通話ボタンをタップすると奈美恵の籠った声が聞こえてくる。

『穂乃果、えらいことになったよ』

「えらいことって……今仕事中じゃないの？」

『早く穂乃果に知らせた方がいいと思ってさ、仕事抜け出してトイレから電話してるの。あのね、大島社長の結婚が破談になったらしいよ』

「ええっ！　どうして？　なんで破談になったの？」

奈美恵の話によると、どうやらこれも女絡みらしい。

冬悟さんが遊びで付き合っていた女性が冬悟さんの婚約を知り、騙された。結婚詐欺だと婚約者の父親に密告したのが原因だった。

『松葉琴音さんと頭取に詫びを入れたようだけど、追い返されたみたい。で、The end』

「それで、冬悟さんはどうしてるの？」

『部長の話じゃあ荒れてるみたいだよ。ざまぁみろだね。松葉さんもあんな男と結婚せずに済んだんだからよかったんじゃない？　穂乃果もスッキリしたでしょ？』

そうかもしれない。冬悟さんのせいで辛い思いや悲しい思い、いっぱいしたもの。でも、奈美恵が言うようなスッキリした気分にはなれなかった。

なんだろう……このイヤな感じ。

『それよりさ、もう安定期に入ったんでしょ？　話したいこともあるし、ランチしない？』

「ランチか……平日の昼間なら右京さんも居ないし、いいかな。あ、そうだ。来週の水曜日に定期検診があるの。その後にそっちに行くよ」

奈美恵とは会社を辞めてから電話では話していたけれど、一度も会っていない。直接会って話したいこともあるし、たまにはいいよね。

ランチをするお店は私が探しておくと言って電話を切った。

その夜、帰ってきた右京さんに冬悟さんのことを確認すると、今朝、お義父さんの方に結婚が白紙になったと連絡があったそうだ。

「自業自得だな。父も呆れていたよ」

「そうですか……やっぱり本当だったんですね」

「なんだ？　大島のことが気になるのか？」

ソファの背もたれにもたれかかり美味しそうにワインを味わっていた右京さんが体を起こして不服そうな顔をする。

「気になるというか……なんだか妙な胸騒ぎがして……」

「大島のことは気にするな。それより、もうすぐ定期検診だろ？　ひとりで大丈夫か？」

右京さんは意外と心配性だ。すぐ私を甘やかそうとする。でも、最近は悪阻も治まってきたし、彼に甘えてばかりはいられない。何より右京さんには仕事を頑張ってもらいたい。それが波野さんとの約束だから。

「大丈夫です。ひとりで行ってきます」

「でも、転んだりしたら大変だ」

「まだそんなにお腹大きくないし、平気です」

そんなやり取りが続くと段々右京さんの機嫌が悪くなり、ムッとして私を睨んできた。

「どうやら頑固な穂乃果にはお仕置きが必要なようだ」

〝お仕置き〟という言葉に反応して思わず身構えたのだが……。

「今夜は穂乃果の全身にキスするまで寝かさないからな」

それが、お仕置き？　だったらなんて魅力的なお仕置きだろう……。

「じゃあ、毎晩、右京さんに逆らいますからお仕置きしてくれますか？」

「奥様の希望なら喜んで」

右京さんはニヤリと笑うと徐に私を抱き上げ、寝室へと歩き出した。

6　疑惑の真相

――翌週の水曜日。病院で定期検診を終えた私は、大島貿易が入るビルの近くに最近オープンしたばかりのカフェで奈美恵と落ち合いランチを楽しんでいた。

「こんな素敵なカフェがあったなんて知らなかったな」

元は古民家だったらしく、オープンテラスには地生えの大きな木々が風に揺れ、同時にテーブルの上の木漏れ日もゆらゆら揺れている。

一番初めに話題に上がったのは、やはり冬悟さんのこと。彼は婚約破棄になってからすこぶる機嫌が悪く社内の雰囲気は最悪なのだと。

「でもね、月曜日の午後辺りから急に態度が変わったみたいでさぁ……何があったんだろうって、皆気味悪がってるよ」

「機嫌がよくなったってこと？」

「うん、ニヤニヤして不気味だって」

「あ、月曜日と言えば……こっちもちょっとした事件が起こったんだよね」

エミリさんが熱海の旅館から居なくなったのだ。麗子叔母さんからお義母さんに連絡が入ったのが午前九時頃。お義母さんが家に帰ってくるかもしれないと言うので私も母屋でずっと待っていたがエミリさんは現れず、結局、午後四時に旅館に戻ったと電話があった。なんでも、熱海に行ってからずっと休みなく働いていたので息抜きがしたくなり、本田さんにお願いして観光地を巡っていたそうだ。

「相変わらず自分勝手な妹さんだね」

「でも、無事でよかった。お義母さん、心配して真っ青な顔してたもん」

私がお義母さんに余計なことを言ってしまってから少し気まずくて朝の散歩の時も母屋を避けてなるべく顔を合わせないようにしていたのだけど、今回の一件でまたお義母さんとふたりで話をする機会があり、意外な言葉をかけられた。

『私のことを認めてくれて有難う。当然のことだと思っていたから、穂乃果さんに立派だとか完璧だって言われた時は驚いたけど、嬉しかったわ』と……。

でも、お義父さんに対しては、今まで通り感謝の気持ちを忘れず支えていきたいと言っていた。

もちろんそれは悪いことではない。でも私は、お義父さんが望んでいるような本音でなんでも言い合える夫婦になって欲しい。

「あっ、もうこんな時間だ。行かなくちゃ……一時間なんてあっという間だね」

「だね、また今度、ゆっくり会おう。会社まで送ってくよ」

少しの時間も惜しくて奈美恵と一緒に歩き出すが、会社のビルは目と鼻の先。すぐ着いてしまった。

「タクシーでしょ？　拾える？」

「もう、それくらいできるよ。ほら、早く行かないと遅れるよ」

奈美恵の背中を押して手を振ると車道に視線を向ける。でも、なかなか空車のタクシーが来ない。諦めて配車アプリを起動しようとした時、後ろから声をかけられた。

「あれ？　副社長夫人じゃないか……子会社になんか用か？」

「……冬悟さん」

彼は今から昼休みだそうで、一緒にランチでもどうだなんて誘ってくる。

「私はもう済ませましたから」

「それは残念。でも丁度よかった。近いうちに穂乃果に連絡しようと思っていたんだ」

冬悟さんが……私に？

警戒するも彼は笑顔で私の横に立ち、ガードレールに腰掛ける。

「お前、妊娠してるだろ」

どうしてそのことを……。

妊娠のことはまだ公にはしていない。知っているのは篠崎家の人達と浜松の実家の家族。そして奈美恵だけだ。確かに服装はあまり締め付けないようにゆったりめのワンピースを着ているけど、まだお腹の膨らみは目立たないから俗に言うマタニティウエアではない。一目見て妊娠しているなんて分かるはずがないのに……なぜ？

「さぁ？　なんのこと？」

咄嗟に惚けたが、彼は妊娠しているという前提で聞いてくる。

「妊娠したから慌てて籍を入れたのか？」

「だから違うって……」

ムキになって否定するも更に近づいてきた冬悟さんから思いもよらぬ質問が飛んできた。

「なぁ、その子……誰の子だ？」

「えっ……」

あまりの衝撃で体がふらつき、背中に冷たいものが走る。

なぜそんなことを聞くの？　冬悟さんは何を知ってるの？

そして彼は恐怖で震える私に残酷な言葉を吐き出し、とどめを刺した。

「俺の子じゃないのか？」

必死に声を絞り出そうとしたけれど、喉の奥が詰まって声にならない。

「考えてみたんだけどな、穂乃果の妊娠が入籍のきっかけだったとして、その時点で妊娠二ヶ月から三ヶ月。で、篠崎副社長と結婚してまだ二ヶ月弱だ。俺と穂乃果は四ヶ月前まで関係があったんだから、俺がその子の父親でもおかしくないだろ？」

私は冬悟さんを甘く見ていた。彼が疑問を持つなんて思ってもいなかったのだ。

「それで相談なんだが……やっぱり子供は本当の父親が育てる方がいいと思うんだ。俺の父親も病気でそう長くはない。早く孫の顔を見せて安心させてやりたいんだよ。なぁ、篠崎副社長と別れて俺のところに来ないか？」

それが彼の望み？　簡単に私を捨てたくせに今度は戻って来いと？

恐怖が怒りに変わり、堪らず怒鳴っていた。

「バカにしないで！　誰が冬悟さんのところなんかに……それにこの子は間違いなく右京さんの子供。母親の私が言うんだから間違いない。変な勘ぐりは迷惑です」

「ふーん……そうくるか。なら仕方ない。篠崎副社長に相談するか……俺の子供を返してくれって」

「ぐっ……」

どこまでも卑怯な男。

激しく動揺するもここで怯んだら冬悟さんの子供だと認めることになる。それだけはなんとしても避けたかった。

「言いたければ言えばいい。笑われるだけだと思うけど……」

その時、空車のタクシーが走ってくるのが見え、彼を押し退けて思いっきり手を上げる。

タクシーのドアが開いたのと同時に逃げるように乗り込むと、ドアが閉まる寸前、冬悟さんがまた不敵な笑みを浮かべた。

「俺は諦めないからな」


その日の夜のことだった。夕食を済ませリビングで配信映画を観ていた右京さんがボソッと呟く。

「今日、大島から穂乃果を返してくれと電話があったよ」

「そうですか……」

あの言葉は嘘ではなかった。冬悟さんは本気で私を取り戻そうとしている。

「驚かないんだな」

「今日のお昼に偶然、冬悟さんに会って同じことを言われました」

「そういうことか。だが、俺が帰った時、なぜそのことをすぐに話してくれなかったんだ？」

「すみません。冬悟さんが本気なのか分からなかったので……わざわざ言うのもどうかと思って」

それは、半分本当で半分は嘘……というより、微かな期待だった。

家に帰った時は右京さんに全てを話すつもりでいた。でも、あの冬悟さんが親会社の副社長に本当にそんなこと言えるだろうか？　いざとなったら言えなくなるのではと怖気づくことを期待したのだ。だったらわざわざ右京さんに話して不快にさせる必要はない。それが私の最終判断だった。

「それで、右京さんはなんて答えたのですか？」

「聞くまでもないだろ。無論答えはＮＯだ」

ホッと胸を撫でおろすと右京さんが呆れたように笑う。

「やっと手に入れた大切な妻を手放すバカがどこに居る？」

「でも、冬悟さんは子供のことを……」

それ以上言葉が続かず唇を噛む。すると右京さんが立ち上がり、大きな手で私の両肩を摑んだ。

「大島にはこう言っておいた。穂乃果のお腹の子は俺の子だ。今回の無礼は婚約破棄になって普通の精神状態ではないだろうから大目に見てやる。だが、そんな妄想をする暇があったら仕事をしろ。今期の売り上げが目標に達しなければ社長退陣も考えなければならない……とな」

そう言われた冬悟さんは慌てて電話を切ってしまったそうだ。

「大島のことはもう忘れろ。いいな？」

「はい……」

「それで、今日の検診はどうだったんだ？」

「あ、順調です。なんの問題もないと先生が言っていました」

「そうか、よかった。だったら……大丈夫だな」

艶めかしい瞳で嬌笑した右京さんが腰を折り、熱い吐息で私の耳横の髪を揺らす。

「……今夜が俺達の初夜だ」

「あ……」

改めて言葉にされると妙に緊張してしまう。

瞬きを繰り返しながら視線を逸らすも端麗な顔はすぐそこまで迫っている。

彼は素早く私の顎を持ち上げ、唇に痺れるような熱を落とす。リズミカルに触れては離れ、またすぐ重なる唇。その刺激で体が沈みそうになり、つま先立ちの足がプルプル震えた。

もう立っていられない……。

そう思ったタイミングで私の体がふわりと浮き上がり、連れられた場所は薄暗い寝室。

火照った肌にひんやりとしたシーツが気持ちいい。でも、それ以上に彼の優しい愛撫が心地いい。

「辛かったらすぐに言うんだぞ」

そう言いながらも長い指と柔らかい唇が敏感なところを容赦なく攻め立て、ビリビリとした刺激に思わず体が仰け反る。堪え切れず漏れた甘ったるい艶声。その喘ぎ声に反応して右京さんが顔を上げた。

「その声……いいね」

もっと聞きたいとねだった彼が私を見下ろしながら内腿を撫で上げると、快感の波が押し寄せてきて全身が甘い疼きに包まれる。

そしてその数分後、私達は夫婦になって初めてひとつになった。

彼の深い愛を感じて身も心も満たされていく――。

右京さん、私、凄く幸せだよ……。


――五ヶ月後の十二月。私は予定日より三日遅れで元気な男の子を出産した。

出産の兆候があったのは、底冷えがする土曜日の早朝。そのまま入院することになり、息子が産まれたのは翌日のお昼過ぎだった。長い時間強烈な痛みに耐え、やっと会えた可愛い息子。その息子を胸に抱いた時の感動は一生忘れないだろう。

そして陣痛室に入った時から片時も離れず私の世話をしてくれた右京さんの姿も決して忘れない。あ、それともうひとつ。産後の処置が終わって病室に戻った私を抱き締め、看護師さんが居る前で情熱的なキスをしたこともね。

二日後には右京さんのご両親と私のお父さんも来てくれて、息子の誕生を祝ってくれた。意外だったのは、お義父さんが『おじいちゃんでちゅよ～』と赤ちゃん言葉を連発して息子から離れようとしなかったこと。こんなにも皆に歓迎され大切にされている息子を見ていると、これ以上の幸せはないと思う。

その翌日には息子の名前が京介《きようすけ》と決まり、早々に出生届が提出された。私達は三人家族になったのだ。

息子の名前に〝京〟の字を入れたいと言ったのは右京さんだった。その提案を聞いた時、私は少なからず動揺した。

『右京さんの気持ちは凄く嬉しいけど、やっぱりちゃんとDNA鑑定をした後じゃないと……』

しかし右京さんは渋い顔をしてため息をつく。

『そのことなんだが、鑑定はよさないか？』

『えっ……でも、約束したはずです。だから私は……』

『分かっている。でもな、そんなことをしてなんになる？ 意味のないことだとは思わないか？ それに、初めてこの子が目を開けた時、俺を見て笑ったんだ。この子も俺が父親だとちゃんと分かっているんだよ』

産まれたばかりの赤ちゃんが笑うなんてあり得ない。でも、右京さんは本気でそう思っているようだった。

『俺の休みの日を選んで生まれてきてくれたのも、少しでも早くパパに会いたかったからだ。なっ、そうだろ？　京介』

彼がベビーベッドの息子に話しかけると眠っている息子が微かに頷く。もちろんそれは偶然で、たまたま首を動かしただけ。でも右京さんはとても嬉しそうだった。

『決まりだな。お前の名前は京介だ。篠崎京介……いい名前だ』

右京さん、私もこの子はあなたの子供だと信じてる。そしてこの幸せを失いたくない。だけど、やっぱりはっきりさせないといけないと思う。でも今は……今だけは、この幸せに浸らせて欲しい。大切なふたりと一緒に……。


──しかしそんな幸せな時間は長くは続かなかった。

退院を翌日に控えた午後、意外な人物が大きな薔薇の花束を抱え、私と京介が居る病室にやって来たのだ。

「よう！　穂乃果、久しぶりだな」

「と、冬悟さん……」

以前、右京さんに電話をするも返り討ちに遭い、それ以降はなんの音沙汰もなかった冬悟さんが病院に来るなんて思ってもいなかった。

……今になって、どうして？

「穂乃果が出産したって聞いたから子供の顔を見に来てやったんだ」

彼は慌ててベッドから起き上がった私の膝の上に薔薇の花束を置くと、隣のベビーベッドで眠る京介の方に視線を向ける。

「ふーん……この子が俺の子か。可愛い顔してるじゃないか。俺の小さい頃によく似てるよ」

俺の子って……冬悟さんはまだ諦めていなかったの？

「いい加減なこと言わないで！　この子のどこが冬悟さんに似てるって言うの？」

「どこって全部さ。二重の目も高い鼻も、爪の形までそっくりだ。さぁ、パパが抱っこしてやろうな」

ベビーベッドに手を伸ばす冬悟さんの姿を見て、背筋に悪寒が走った。

イヤ……絶対にイヤ。私と右京さんの子供に触らないで！

無我夢中で冬悟さんの体を押し、京介に覆いかぶさる。

「この子には指一本触れさせない。もう帰って！」

私に拒絶され腹が立ったのだろう。頭上から舌打ちをする音と共に「ふざけるな！」という怒りに満ちた低い声が聞こえてきた。

殴られることも覚悟したが、私の叫び声を聞いた看護師さんが様子を見に来てくれたおかげで事なきを得た。

冬悟さんが病室を出て行ったのを確認して安堵の息を吐くも体の震えが止まらない。

冬悟さん、どうしてあなたは私の幸せを壊そうとするの？　お願いだから私と京介に関わらないで……。


翌日、病院を退院した私は迎えに来てくれた右京さんの車で自宅へと向かった。

「仕事を抜け出して大丈夫だったんですか？」

私はまた秘書の波野さんに叱られるのではとヒヤヒヤしていた。

「心配するな。事前にこの時間には予定を入れないよう秘書に言ってあったんだ。なんの問題もない」

でも、私を降ろしたらすぐに戻らなくてはいけないらしく、運転席の右京さんが残念そうにため息をつく。

「何か困ったことがあったらすぐ電話するんだぞ」

困ったことか……それならもうある。

実はまだ、冬悟さんのことを右京さんに話してなかった。

やっぱり報告しておいた方がいいよね。

決心してそのことを話そうとしたのだが、右京さんの方が先に口を開く。

「そうだ……穂乃果に言っておくことがあったんだ。エミリが熱海から帰ってくることになった」

「えっ、本当ですか？」

「ああ、あのエミリが笑顔で接客している姿なんて想像できないが、客の評判も上々らしい。穂乃果にしたことも深く反省していて謝りたいと言っているそうだ」

エミリさんがそんなことを……私ももう一度、きちんとエミリさんに謝りたい。

「叔母も大丈夫だろうと言っているし、穂乃果も無事出産した。そろそろいいだろうということになったんだが……」

エミリさんが帰ってくるというのに、ルームミラーに映る右京さんの顔は全然嬉しそうじゃない。

「あんなことがあったんだ。俺はまだ早いような気がしてな……やはりマンションを買って別居するか？」

「右京さんは心配し過ぎです。きっと大丈夫ですよ。だから別居だなんて言わないでください」

「だったらいいが……」

それから間もなく自宅に到着し、車が停まると門の前で私達の帰りを待ってくれていたお義母さんが笑顔で駆け寄って来た。

「穂乃果さん、京介ちゃん、退院おめでとう」

お義母さんに急かされ、冬悟さんのことを言えないまま車を降りる。

「穂乃果、母さんは孫の世話をする気満々だから遠慮しないで頼るといい。じゃあ、俺は仕事に戻るから」

「はい、いってらっしゃい」

右京さんは名残惜しそうに京介に頬擦りをして車を発進させた。

それからお義母さんと一緒に自宅の離れに戻り、事前に用意してあったベビー用品の確認をした後、グズり始めた京介におっぱいを飲ませる。

お腹がいっぱいになってウトウトし始めた京介をリビングのソファ横に置いたゆりかご風のベビーベッドに寝かせ、その愛らしい寝顔を眺めているとお義母さんに肩を叩かれた。

「穂乃果さん、疲れたでしょ。食事を運んでおいたからそれを食べたら少し横になりなさい。京介ちゃんは私が見ていてあげるから」

右京さんに甘えていいと言われていたけれど、やっぱりまだ遠慮があり、笑顔で「大丈夫です」と返したのだが、お義母さんも引かない。

「産後に無理をすると後々体に影響が出てくるのよ。京介ちゃんがおっぱいを欲しがったら起こすから休みなさい」

ふと、お義母さんの姿が高校生の時に亡くなった実の母と重なった。

お母さん……お母さんが生きていたら同じこと言ったのかな……。

もしそうだったら、私はどうしていただろう。きっと、遠慮することなく休んでいたよね。だったらお義母さんの言うことも聞かなくちゃ。

「分かりました。京介のこと、宜しくお願いします」

甘えることも親孝行だと思い寝室のベッドに横になる。すると思っていた以上に疲れていたようで墜ちるように眠ってしまった。

うわっ！　もうこんな時間？

目が覚めたのは三時間後の午後四時だった。まだ京介の泣き声は聞こえなかったけれど、飛び起きて寝室を出る。リビングに戻るとお義母さんの他にもうひとり若い女性がこちらに背を向け、眠っている京介の顔を覗き込んでいた。

あっ、もしかして……。

振り返った女性は、やはりエミリさんだった。ショートボブだった髪は肩まで伸び、以前より少しふっくらして優しい雰囲気になっている。

彼女は私に気づくと申し訳なさそうに深く頭を下げた。

「穂乃果さん、いつかは酷いことをしてごめんなさい」

必死に詫びるエミリさんを見て正直驚いた。

まるで別人のよう。人ってこんなに変われるものなんだ……。

「あの時のことはもうなんとも思っていませんから……どうか頭を上げてください。私の方こそすみませんでした」

互いの手を取り微笑みを交わすと、その様子を見ていたお義母さんが近づいてきて目頭を押さえる。

「よかった。本当によかった。エミリちゃんが帰ってきてくれて、穂乃果さんと京介ちゃんも無事退院した。こんな嬉しいことはないわ。今夜はご馳走を作ってお祝いしないとね」

買い物に行くというお義母さんを玄関先で見送りリビングに戻ると、眠っている京介を微笑みながら見つめていたエミリさんが顔を上げ、唐突に聞いてきた。

「この子の血液型は？」

「あっ、それはまだ……産まれてすぐは正確な血液型は分からないので、一歳になるまで待つようにと病院の先生に言われました」

「そうなの。じゃあ、やっぱりＤＮＡ鑑定ではっきりさせた方がいいわね」

えっ……ＤＮＡ鑑定？

「どういうこと……ですか？」

思わず聞き返すと、エミリさんが笑顔のままサラッと言う。

「だって、この子、お兄さんの子供じゃないかもしれないでしょ？」

その言葉を耳にした途端、体が硬直して息が止まりそうになった。同時に心臓が暴れ出し全身から汗が噴き出す。

なぜそんなことを……まさか、何か知ってるの？　いや、そんなはずは……。

混乱しながら心の中で自問自答を繰り返していた時だった。エミリさんが京介の頭を撫でながら切なそうに呟く。

「この子を自分の息子だと信じているお兄さんが可哀想……」

その発言で確信した。やっぱりエミリさんは何か知っている。

「穂乃果さんって、相当な悪女ね。他人の子をお兄さんの子供だと偽り、まんまと妻の座に納まった。目標を達成したご感想は？　さぞ満足でしょうね？」

「そんな……」

口を開くも次の言葉が出てこない。

その通りだ。私は京介の父親が誰か分からないまま右京さんと結婚した。反論なんてできない。でも、右京さんと約束したから……。

「この子は……京介は、右京さんの子供です」

「あら？　まだそんなこと言ってるの？　もう完全にバレてるのに」

エミリさんは自信満々に言うと意味ありげに笑う。

「私ね、熱海に居た時、一度だけ東京に戻って来たことがあったの」

その言葉を聞き、すぐにピンときた。

「それって、もしかして……エミリさんが行方不明になったって連絡があった時のことですか？」

「そう、熱海見物をしていたって言ったら叔母はあっさり信じていたけど、実際は東京である人と会っていたの」

ある人——それは思いもよらぬ人物だった。

「大島貿易の大島冬悟社長よ」

嘘でしょ……エミリさんと冬悟さんが繋がっていたなんて……。

「私、どうしても納得いかなくてね、あなたのことを調べようと思ったの。で、本田君に頼んで東京まで送ってもらって、あなたが勤めていた大島貿易に行ったのよ」

当初、エミリさんは受付で私のことを聞こうとしたらしい。だが、元社員でも個人情報は教えられないと突っぱねられる。憤慨したエミリさんは、自分は親会社の篠崎コーポレーションの社長の娘。それでも教えられないのかと迫った。

「私が怒鳴ったら受付の娘《こ》がびびっちゃってね。慌てて内線で誰かを呼んだのよ。それが大島社長だったってわけ。それから社長室で彼と色んな話をしたわ」

この直前に婚約を破棄されていた冬悟さんには、もう守るものなど何もなかった。溜まっていた鬱憤を晴らすように私が右京さんと婚約する寸前まで付き合っていたとエミリさんに話してしまったのだ。

「ホント、驚いたわ。あなたがお兄さんと大島社長、ふたりと同時に付き合っていたなんて……それに何？　お兄さんが大島貿易のパーティーであなたとの婚約を発表する前日まで大島社長と体の関係があったって言うじゃない」

エミリさんは呆れたようにため息をつき、軽蔑の眼差しを私に向ける。

「信じられなかったわ。愕然として言葉もなかった。でもね、その時、ふと思ったのよ。あなたのお腹の中に居る子は本当にお兄さんの子供なのかなぁ～って。だってそうでしょ？　ふたりの男性とそういう関係だったんだもの。大島社長の子供の可能性だってあるわけだし……」

そう、だから私はずっと不安で苦しかった。でも、今エミリさんにその思いを吐露することはできない。

「エミリさんがどう思おうと、冬悟さんが何を言おうと、京介は間違いなく右京さんの子供です」

震える声でそう断言した直後、エミリさんが自分のトートバッグからスマホを取り出し、くくっ……と気味の悪い声で笑った。

「認めたくないって気持ちは分かるわよ。でもね、今はとても便利なものがあるの」

エミリさんはスマホのディスプレイの上で長い指を数回滑らせ、その画面を私に向ける。

「出産予定日からいつ妊娠したか分かるのよ。あなたの出産予定日はママから聞いて知っていたからその日を入力したら……」

表示されていた日付は、冬悟さんの社長就任祝いのパーティーがあった前日……冬悟さんと最後に関係を持った日だった。

「ほら見て。この日、覚えてるでしょ？　もちろん誤差はあるだろうけど、この日が一番確率が高いって出ているの。これを見た時の大島社長の顔、あなたに見せてあげたかったわ」

全身の血が引いていくのを感じ、全てが終わったような気がした。

そういうことだったんだね。だから冬悟さんは京介を自分の子供だって言ったんだ。

全てが腑に落ち、全身の力が抜けていく。

「分かりました……DNA鑑定をします」

でもそれは、右京さんのプロポーズを受けた時から決めていたこと。決してエミリさんに言われたから鑑定をするんじゃない。

「やっとその気になったみたいね。でも、私がDNA鑑定を勧めたということは、お兄さんには内緒よ」

「分かってます」

そんなことを言ったら、右京さんは鑑定に協力してくれないだろう。

「いい？　あの子がお兄さんの子供じゃないと証明されたら、子供と一緒にこの家から出て行くのよ」

無論、そのつもりだ。それも初めから決めていたこと。

私が大きく頷くとエミリさんは再びバッグを手に取り、中から長方形の箱を取り出した。

準備万端。DNA鑑定の鑑定キットを既に用意してあったのだ。

「頬の内側の粘膜を擦るように採取するのよ。結果報告の書類は一週間くらいで届くそうだから、楽しみね」

一週間……そんなに早く分かるんだ。

「結果通知はメールでも受け取れるみたいだけど、私とあなたが同時に確認できる形にしたいから郵送で申し込んでね」

エミリさんは私が先に結果を知るのが気に入らないようだ。

「あなたに不利な結果が出た時、勝手にメールを削除されても困るし」

「まさか……そんなことはしません」

「さぁ、それはどうかな？　お兄さんを騙して結婚した人を信じられると思う？　じゃあ、採取が終わって発送する日が決まったら教えてね」

エミリさんがリビングを出て行くと緊張の糸が切れ、ヘナヘナとその場に座り込む。

よりによってエミリさんに知られるなんて……。

その日の夜。家族全員が揃って母屋でお祝いの宴が開かれ、右京さんも彼のご両親も、そしてエミリさんも皆笑顔だったけど、私は心の底から笑うことはできなかった。

右京さんに鑑定のことを言わなくては……。

食事を終え、離れの自宅に戻ると早々に切り出す。

「右京さん、やっぱりDNA鑑定をしてください」

しかし彼の返事はNOだった。

「鑑定はしない……俺はそう言ったはずだが？」

「でも……」

「京介は俺の子供として生まれてきた。戸籍上も俺の息子だ。それでいいじゃないか？」

その後も何度もお願いしたが、ほろ酔い気分の右京さんに軽くあしらわれ話が進まない。

「今日は楽しくて少し飲み過ぎた。悪いが先に休ませてもらうよ」

「あ、まだお話が……」

必死に引き止めるも彼は笑顔のままリビングを出て行ってしまった。

——翌日の夜。

今夜こそは……そんな思いで京介におっぱいを飲ませながら鑑定検査キットをしまってあるリビングのチェストを凝視する。

なんとしても右京さんに協力してもらわないと……。

暫くして帰ってきた右京さんがソファに座ると、彼の前で正座をして深く頭を下げた。

「なっ、どうした？」

驚く右京さんに、ＤＮＡ鑑定をして欲しいとお願いする。

「まだそんなことを言っているのか？」

「ＤＮＡ鑑定を拒否するのは、右京さんも京介が自分の子供ではないと疑っているから……。本当のことを知るのが怖いからですか？」

「バカなことを……京介は俺の子だ。何度同じことを言わせる？」

彼の怒りが伝わってくるが心を奮い立たせ、切々と訴えた。

「だったら、私を安心させてください。京介が右京さんの子供だと証明できれば、もう悩まなくて済みます。どうかお願いです……私を助けると思って鑑定をしてください」

「……穂乃果」

眉尻を下げた彼が私を見つめている。その切なげな瞳の奥で頑なだった彼の気持ちが揺れているのが分かった。

「私、信じてる。京介は右京さんの子供だから……」

それは嘘偽りのない私の本心。冬悟さんは京介が自分に似てるって言ったけど、私はそうは思わない。

「二重の目も高い鼻も、そして愛らしい唇も、全部右京さんにそっくり。何より京介は右京さんのことが大好きだもの」

少しの沈黙の後、彼がようやく頷いた。

「穂乃果がそこまで言うなら仕方ない……鑑定をしよう」

有難う。右京さん。これで全てはっきりする。それが私達が望んだ結果じゃなかったとしても後悔はしない。血の繋がりはなくても京介はあなたの子供。そう思って育てていくから……京介の父親はこの世でただひとり。篠崎右京だけだから。


翌朝、右京さんが仕事に出た後に鑑定キットを近くのポストに投函した。その帰りに母屋に寄ってエミリさんに発送したことを伝える。

「へぇ～お兄さん、鑑定に応じたんだ。ってことは、お兄さんも疑ってたのかな？」

あえてその問いには答えず、ベビーカーを押して歩き出すと後ろからエミリさんの嬉しそうな声が聞こえてきた。

「結果はふたりで確認しましょ。抜け駆けはなしよ」

そして、それまでに荷物をまとめおくようにと、どこまでも強気だ。

俯き気味に離れの玄関先まで来て京介をベビーカーから抱き上げようとした時、門の方から本田さんが歩いて来るのが見えた。

「右京様宛の郵便物です」

「わざわざ届けてもらって……いつもすみません」

彼が差し出したのは、デパートからのダイレクトメール。篠崎家のポストは門のところにあるので郵便物や新聞はそこまで取りに行かなくてはいけない。結婚したばかりの頃は散歩がてらポストを覗きに行っていたけれど、本田さんが熱海から帰ってきてからは彼が離れまで届けてくれていた。

本田さんは物静かで親切な人って印象だったが、今、私は彼を警戒している。

本田さんはエミリさんの味方……そんな気がしたから。

ずっとエミリさんと一緒に熱海に居て、彼女を冬悟さんのところまで送って行った人だもの。エミリさんから私のことを聞いているはず。本田さんも私が他人の子を右京さんの子供だと偽って結婚したと思っているのだろう。

鬱々とした気分で京介を抱き上げた時、もう居ないと思っていた本田さんの姿が視界に入る。

いつもだったら郵便物を置くとすぐ母屋に戻って行くのに……どうしたんだろう。

声をかけるべきか否か、迷っていたら本田さんが私に向かって深々と頭を下げた。

「……私が熱海に行っている間、花壇の手入れをしてくれていたそうですね。有難うございます」

「手入れだなんて……綺麗なリンドウが咲いていたので、水をあげていただけです」

それだけのことなのに、本田さんが嬉しそうに目を細めて微笑む。

「そうですか。今年も綺麗に咲いていましたか……」

あ、本田さんの笑った顔、初めて見たかもしれない。

再び一礼して母屋に戻って行く本田さんの姿が視界から消えると、私は玄関を開け、京介を起こさないようゆっくり廊下を歩いてリビングに向かう。そしてそのあどけない寝顔を見つめながらため息交じりに呟いた。

「一週間か……」

覚悟はできている。でも、来週の今頃には結果が出ているのだと思うと、やっぱり落ち着かない。

そのせいだろうか、情緒不安定になり凡ミスが増えた。料理中にぼんやりしてハンバーグを丸焦げにしてしまったり、突然涙が溢れてきて泣いてしまったり……そんな私の異変を京介も敏感に感じ取ったようで、最近はお腹いっぱいミルクを飲んだ後でもグズってなかなか寝てくれない。

でも、右京さんだけは何も変わらなかった。朝、出掛ける時は必ず笑顔でキスをしてくれるし、昼休みになると電話をかけてきてくれて冗談を言って私を笑わせてくれる。そして家に帰れば、仕事で疲れているはずなのに京介の沐浴からおむつ替えまで率先してやってくれるのだ。

「パパは百点満点だね」

寝室のベビーベッドで眠る京介に向かって呟くと、逞しい腕が私の胸の前で交差する。

「夫としては何点だ？」

「もちろん、百点……いえ、千点かな。私には勿体ないくらい完璧な旦那様です」

「そうか……」

顔は見えないけれど、彼が笑っているのは分かった。

この何気ない日常がいつまでも続いて欲しい。でも、現実から目を逸らすことはできない。

「もうそろそろ鑑定結果が届くはずです」

「ああ……そのことで頼みがある」

右京さんは私の体をくるりと反転させ、肩に手を置いて強い口調で言う。

「鑑定結果はふたりで一緒に確認しよう。何があっても封は開けず、俺の帰りを待つんだ。そして……もし……もしもだ。思った通りの結果ではなかったとしても、そのことは俺達ふたりの秘密だ。誰にも言うんじゃないぞ」

「秘密……？」

「前にも言ったろ？　血の繋がりなんて大したことじゃない。大切なのはここだ」

彼は私の手を取り、自分の胸に強く押しつけた。

「本当の親子でも心が通じていなかったら他人と同じだ。要は、どれだけ相手のことを信頼し、愛せるか……俺はそれを身をもって経験してきた。俺には父という最高の手本が居るからな。だから穂乃果も安心して結果を待て」

そんな優しい言葉……聞きたくない。決心が揺らいでしまう。

「分かりましたから……もうそろそろ寝ないと……明日も早いですし」

「いや、大事なことだ。間違ってもここを出て行こうなんてバカなことを考えるんじゃないぞ」

彼の言葉がズンと胸に響き、鈍い痛みが広がっていく。

右京さん、ごめんなさい。秘密にはできないの。だからその約束は守れない。


――それから二日後。検査キットを発送してまだ一週間は経っていなかったが、意識してポストを覗くようになっていた。

郵便物はいつも午前中に届くので今日もお昼に見に行ったけれど、ポストの中は空っぽ。

やっぱり来てないか……。

諦めて自宅に戻るも、来てなくてよかったと心底、ホッとしていた。

少なくとも明日のお昼までは右京さんの妻で居られる。

だが、午後の三時を過ぎた頃、本田さんが郵便物を持ってやって来た。

「えっ……今届いたのですか？」

「……はい。簡易書留でしたので……丁度門の前で作業をしている時に配達の方がみえて、私が受領印を押して受け取りました」

差し出された封書に記されていたのは鑑定会社の社名。一気に緊張が高まる。

この封書の中に入っている鑑定結果で私達家族の運命が決まるんだ……。

「あ……有難う……ございます」

お礼を言った声が震え、封筒を受け取った手も小刻みに震えていた。

「どうかされましたか？」

「い、いえ、あの、本田さん、エミリさんに……私が会いたいと言っていたと……そうお伝えください」

落ち着かなければと思えば思うほど、打ちつける心臓の音は大きく、そして速くなる。

「では、宜しくお願い致します」

彼に動揺を悟られないよう顔を伏せてドアを閉めようとした時、凄い力で腕を掴まれ、視線の先には眉間にしわを寄せた本田さんの険しい顔が……。

な、何？　どういうこと？

間を詰め迫ってくる本田さんに恐怖を覚え蒼白になる。

「若奥様……実は……」

本田さんがそう言いかけた時、家の奥から京介の泣き声が聞こえた。一瞬、本田さんの動きが止まり、私の腕を掴んでいた手の力が緩む。咄嗟に腕を引き抜き、力一杯、彼の胸を押した。

「すみません、京介が泣いていますので……」

強引に玄関のドアを閉め、リビングに駆け込むと激しく泣いていた京介を抱き上げる。

「……京介、ひとりぼっちにして、ごめんね」

まだ動揺が残っていたが、無心でミルクを飲む京介の顔を見ていると徐々に気持ちが落ち着いてきた。

小さな寝息を立て始めた京介をリビングのベビーベッドに寝かせた後、リビングに入った時に床に放り投げたあの封書を拾い上げる。

私達の運命を決める大切な物なのに、京介の激しい泣き声が聞こえた瞬間、この封書のことが頭の中から消えていた。

なんだか可笑しいね。朝起きた時から夜寝るまで、あんなに鑑定の結果を気にしていたのに。

妙に冷静になり、憑き物が落ちたみたいに気持ちがふっと楽になった。

ジタバタしても運命は変えられない。だったらネガティブにならず前を向いて生きていこう。私には守らなくちゃいけない大切なものがあるのだから。京介の為にも強くならなきゃ……。

そう自身に言い聞かせた時、玄関の方からエミリさんの声が聞こえる。

「上がらせてもらうわよ」

エミリさんは白い肌を上気させ、興奮気味にリビングに入ってきた。

「DNA鑑定の結果が届いたんでしょ？　さぁ、早く確認しましょ」

「……はい」

私がロングソファに座ると、エミリさんも素早く私の横に腰を下ろす。

「では、開封します」

一緒に確認するという約束を守れなかったことを右京さんに詫びながら封を開け、書類を取り出した。表紙には【DNA父子鑑定結果報告書】という大きな文字が印刷されている。

――審判の時……。

そう心の中で呟き、大きな深呼吸をしてページを捲った。

まず初めに目に入ったのが鑑定方法の説明。そしてその下に太文字で次のように書かれていた。

【結果説明――分析の結果、擬父と子は親子関係を共有していないことが証明されました】

「擬父は生物学的な父親ではない。父権肯定確率は……ゼロパーセント」

右京さんと京介に血の繋がりはない。ふたりは親子ではなかった。

手を叩いて大喜びするエミリさんの横で私は天を仰ぎ、そっと目を閉じる。が、不思議と涙は出なかった。

結果は絶望的なものだったけれど、私は不幸なんかじゃない。右京さんに出会い、愛され、京介が私を母に選んで生まれてきてくれたんだもの。

「化けの皮が剝がれたわね。さぁ、あの子を連れてこの家から出て行って」

エミリさんが嗤笑しながらベビーベッドを指差す。

そうだよね。もう私がここに居る理由はない。

「あ、その前に、これ書いてくれる？」

エミリさんがローテーブルの上に置いたのは離婚届だった。

相変わらず準備がいい。でも、おかげで区役所に取りに行く手間がはぶけた。

「すみません……少しだけ、ひとりにしてもらえますか？」

エミリさんは不服そうな顔をしたが「三十分だけだから」と素っ気なく言って立ち上がる。

それからキャリーバッグに京介に必要な物を詰め、リビングに戻ってローテーブルの前に座った。

心は決まっている。なのに、なかなかペンを持つことができない。

何を躊躇してるの？　散々考えて決めたことじゃない。こうすることが右京さんにとって一番いいことなんだって。京介が自分の子供ではないと証明され、私が離婚届を置いて居なくなれば、右京さんも諦めるはず。

「どうかお元気で……私のことは忘れて幸せになってください」

そう願いを込め、離婚届に署名捺印すると結婚指輪をローテーブルの上に静かに置いた。

でもね、本当は最後に逞しい腕でギュッてして欲しかった……。


その十分後、私はエミリさんが呼んだタクシーの中で京介を胸に抱き、遠ざかっていく篠崎家を眺めていた。

篠崎家を出ることに迷いはなかったけれど、お世話になった篠崎の両親に何も言わず別れることになってしまったことが心残りで胸が痛む。

親切にしてくれたおふたりに、せめてお詫びとお礼が言いたかった……。

そして私の荷物を裏口まで運んでくれた本田さんのことも気になっていた。

エミリさんが居たから聞けなかったけど、あの時、本田さんは何を言おうとしていたんだろう……。

十字路を曲がり篠崎家が見えなくなると、タクシーに乗る直前にエミリさんから手渡されたメモに視線を落とす。

「アイビスグランドホテルのセミスイートか……」

エミリさんに行く当てはあるのかと聞かれ、私はこれから考えると答えた。すると彼女は私にこのメモを渡してこう言ったのだ。

『だと思ってホテルの部屋を予約しておいたの。生まれたばかりの子供もいるしね。私からの餞別よ』

もちろん断ったけれど『人の厚意を無にする気?』と睨まれ、渋々お礼を言ってタクシーに乗り込んだ。

最後に情けをかけてくれたってことか……。

複雑な気持ちで再び車窓に視線を向けた時、私のスマホが鳴る。

右京さんではと焦ったが、表示されていたのは見たことのない電話番号。だから電話には出なかった。すると今度はトークアプリにメッセージが届く。

えっ……冬悟さん?

冬悟さんが病院に来た後、すぐに彼のスマホの電話番号を着信拒否してメッセージアプリもブロックしようとしたのだけど、京介が泣き出したので操作を途中で止めてしまいブロックできていなかったのだ。

どうしてこのタイミングで……あ、そうか。エミリさんに鑑定結果を聞いたんだ。メッセージを無視しようと思ったけれど、ロック画面に表示された冒頭の文字を見て思わずアプリを開いてしまった。

【俺の子供だと証明されてよかった。これでやっと親子三人、一緒に暮らせるな。息子に会えるのを楽しみに待っているよ】

息子に会えるのを楽しみに待っているよ……その一文で全てを理解した。

そういうことか。アイビスグランドホテルは冬悟さんの社長就任パーティーをしたお気に入りのホテル。彼はそこで私と京介を待っているんだ。エミリさんがホテルを予約してくれたのは厚意ではなく、私達を冬悟さんに会わせる為の策略。危うく騙されるところだった……。

「すみません、運転手さん、行先を変更してください！」

7　愛すればこそ

「もう九時か……遅くなってしまったな」

穂乃果のことだ。夕食も食べず俺の帰りを待っているんだろう。

電話をすればよかったと後悔しつつ車をガレージに入れ、広い庭を突っ切って愛しい妻と息子が待つ離れへと向かう。

京介が寝ているかもしれないので静かに玄関のドアを開け、明かりが点いているリビングを覗いたのだが、そこに穂乃果と京介の姿はなく、代わりにエミリと母が居た。

なぜかふたり共深刻な表情で項垂れている。

「エミリ……穂乃果と京介は？　どこに居る？」

しかしエミリは俺の質問には答えず、持っていたファイルを差し出してきた。

「お兄さんは穂乃果さんに騙されていたのよ」

その言葉に驚き、ファイルを奪い取って中から書類を取り出す。それは、俺と京介のDNA鑑定の結果報告書だった。

慌てて【DNA父子鑑定結果報告書】と印刷された表紙を捲ると……。

「生物学的な父親ではない……父権肯定確率は、ゼロパーセント」

どんな結果が出ようと自分の気持ちが揺らぐことはないという自信があった。だが、書類を持つ手が震える。

「なぜエミリがこれを？」

「ママがローストビーフを作ったから穂乃果さんにも持って行ってあげてって言うからここに来たの。そうしたら、それが置いてあったのよ」

穂乃果、なぜだ？　鑑定結果はふたりで確認すると約束したはずだろ？　どうして約束を破った。

「お兄さんも疑っていたんでしょ？　だからDNA鑑定をした……」

「それは違う。鑑定結果など関係ない。京介は俺の息子だ」

すると母が「いったいどうなっているの？」と叫び、泣き出した。

「右京……あなたは穂乃果さんが他の男性の子供を妊娠していると知っていて結婚したの？」

ここまで知られてしまったら、もう真実を話すしかない。

俺は今までの経緯をふたりに説明し、これは自分が望んだことなのだと告げる。

「穂乃果は俺との関係を絶とうとしたが、俺が強引に結婚を迫ったんだ。DNA鑑定も穂乃果が望んだこと。しかし俺は、どんな結果が出ようと京介を我が子として育てるつもりだった」

事実を知ったふたりは絶句し、愕然としていた。

「そんなこと許されるはずがない。敏也さんがこのことを知ったら……」

母は真っ青な顔で震えている。

「いや、父さんなら分かってくれるはずだ。血の繋がりのない俺を我が子として育ててくれた父さんなら……」

「何を言ってるの？　あなたは敏也さんと結婚した私の連れ子。でも、京介ちゃんはあなたの息子として生まれてきた篠崎家の子供なの。右京と京介ちゃんとでは立場が違います」

それは言われなくても分かっている。だが、父の存在が俺の希望だった。

「それより、穂乃果と京介は？　まさか追い出したんじゃないだろうな？」

「まさか。あの人は自分からここを出て行ったの。これを置いていてね」

エミリが俺に見せたのは、穂乃果の名前が書かれた離婚届。

間違いなく穂乃果の筆跡だ……やはり君はそのつもりだったのか……。

穂乃果にDNA鑑定をしてくれと言われた時、君は俺に怖いのかと聞いたな。正直に言うと、あの時、俺は死ぬほど怖かった。だが、DNA鑑定の結果が怖かったんじゃない。鑑定結果が望まないものだった時、穂乃果が俺の前から居なくなるような気がして堪らなく怖かったんだ。

「エミリ、穂乃果はこの家を出てどこに行ったんだ？」

「そんなの知らないわよ。でも、何も言わずに出て行ったってことは探して欲しくないのよ。離婚は彼女の意思なんだから早くこの離婚届を提出して忘れた方がいいんじゃない？」

人の気も知らず簡単に言ってくれる。

「穂乃果は俺の妻だ。どんなことがあっても連れ戻す」

エミリの手から離婚届を奪い取り破り捨てると、それを見た母が狂ったように叫ぶ。

「許しませんよ！　私は絶対に許しません！」

母さん、すまない。母さんが篠崎家を大切に思っているように俺は穂乃果と京介が大切なんだ。

「私も許さない。お兄さんの子供じゃない子が篠崎家を継ぐなんてあり得ないもの」

「だったら、父さんの本当の子供ではない俺が篠崎家を継ぐのもあり得ないだろ？」

俺はふたりを立たせ、その背中を同時に押す。

「悪いがふたり共ここを出て行ってくれ。この家は俺と穂乃果……そして京介の家なんだ」

それからすぐ穂乃果の実家に電話をしてふたりが浜松に行っていないか確認した。

『穂乃果がこっちに？　いや、来ていないが……何かあったのかね？』

「仕事から帰ったらふたりが居なかったもので……一度、浜松に帰りたいと言っていましたし、そちらに行ったのかと思いまして……」

『穂乃果と病院で会った時、こっちには帰らないと言っていましたよ。一昨日、電話をしてきた時もそんなことは何も言っていませんでしたが……』

お義父さんの様子から嘘をついているようには思えなかった。

そうだよな。あんなに兄嫁に気を使っていた穂乃果が実家に帰るはずはない。

「そうですか。友人と会っているのかもしれませんね。お騒がせしました」

次に頭に浮かんだのは、大島貿易で仲がよかった佐田奈美恵。彼女なら穂乃果の居場所を知っているかもしれない。だが、俺は彼女の連絡先を知らない。

明日まで待って大島貿易に行くか……とも考えたが、この寒空の下、まだ生まれたばかりの京介を連れた穂乃果がどうしているかと思うとじっとして居られなかった。

会社のパソコンからなら子会社の社員名簿も見られるはずだ。

急いで車に乗り込み会社に向かう。そして副社長室のパソコンを立ち上げ、役員と人事部以外は閲覧不可の社員名簿にアクセスする。

「よし、関連会社のデータもある」

この時ほど自分が篠崎コーポレーションの副社長でよかったと思ったことはない。

ようやく佐田奈美恵の連絡先が判明し、その番号に電話をするがなかなか出てくれない。十回以上コールしてようやく彼女の声が聞こえた。

知らない番号からの電話で怪しく思ったようで、その声はかなり警戒していたが、相手が俺だと分かると急に声がデカくなる。

『穂乃果に何かあったのですか？』

「どうしてそう思う？」

『あぁ……えっと……篠崎副社長から私に電話がかかってくるってことは、穂乃果に何かあったからだと……』

「君は俺と穂乃果のことをどこまで知っている？」

『えっ……それはどういうこと……ですか？』

奈美恵君が俺達夫婦のことをどこまで知っているかで話の内容が違ってくる。まずそれを確かめたかった。しかし確かめる必要はなかったようだ。おそらく彼女は全て知っている……。

「穂乃果が離婚届けを置いて居なくなった」

『穂乃果が……じゃあ、京介君の父親は……』

奈美恵君は観念したように、父親の件は穂乃果から聞いていると声を震わせる。

「生物学的には否定されたが、俺は今でも京介を自分の息子だと思っている。だから穂乃果を連れ戻したいんだ。力を貸してくれないか？」

しかし奈美恵君は穂乃果が退院してから連絡はないと。そしてどうしても俺に聞きたいことがあると言う。

『私には篠崎副社長の気持ちがまだよく分かりません。自分の子供ではない京介君をどうしてそんなに愛せるのですか？』

奈美恵君、それは愚問だよ。

「決まっているだろ？　穂乃果が産んだ子だからだよ。愛しい女が命を懸けて産んだ子が可愛くないわけがない」

奈美恵君との電話を終え家に帰ると、ガレージを出たところで消したはずのリビングの電気が点いていることに気づき、全身に鳥肌が立った。

「あぁ……穂乃果、帰ってきてくれたのか……」

高揚した気持ちを抑え切れず、石畳を全力で駆け抜け玄関のドアを開けると、そのままリビングに飛び込む。

「お帰りなさいませ。右京様」

「智治……」

ダイニングテーブルの上には俺の好物ばかりが並び、まだ湯気を立てていた。

「母さんか？」

「はい。右京様がまだ夕食を食べていないだろうから持って行って欲しいと……」

母の気持ちは有難かったが、今は好物でも喉を通りそうにない。

「悪いが食欲がないんだ。後で食べるよ。母さんには俺が礼を言っていたと伝えてくれ」

ソファに深く座りため息をつくと智治が俺の前に立ち、何か言いたげな顔をする。

「どうかしたか？」

「若奥様が出て行かれたと聞きました。ＤＮＡ鑑定の結果も……離婚するのですか？」

「まさか……俺は絶対に離婚はしない」

　すると智治が大きく見開いた目で俺を見下ろし、低い声で聞いてきた。

「全てを捨ててもか？　地位も名誉も全て失っても、それでも右京は穂乃果さんを選ぶのか？」

　それは高校生の時以来、久しぶりに聞く智治のタメ口だった。

「智治……お前……今、右京と呼んでくれたよな？」

「そんなことはどうでもいい。答えろ、右京。この恵まれた生活を捨てても穂乃果さんと生きていきたいと思っているのか？」

　なぜ智治がこんなにもムキになってそんなことを聞くのか分からなかったが、俺は迷うことなく大きく頷く。

「ああ、たとえこの家を追い出されても俺は穂乃果と生きていく。可愛い息子と三人でな」

「そうか……」

　その言葉を最後に智治はいつもの敬語に戻り、俺の質問には一切答えず母屋に戻って行った。

　昔の智治が戻ってきてくれたと思ったが、そうではなかったようだな。智治……お前はいったい何を考えているんだ？

――次の日。副社長室の窓から見える空は厚い雲が低く垂れこめ、街を灰色に染めていた。まるで俺の気持ちのようにどんより曇っている。

穂乃果と京介の行方はまだ分からない。穂乃果から電話があったら必ず知らせると言ってくれた奈美恵君からも連絡はなかった。

「穂乃果……どこに居るんだ？」

今にも雨が降り出しそうな空を眺め呟くと、ノックの音が聞こえ秘書の波野君が部屋に入って来る。

「篠崎副社長、アポのない来客なのですが、どういたしましょう？」

「アポのない来客？　仕事関係か？」

「はあ……大島貿易の社長です」

大島冬悟が俺になんの用だ？　まさか穂乃果と何か関係が……。

「すぐ通してくれ」

数分後、副社長室に現れた大島冬悟は断りもなくソファに座ると俺を真っすぐ見据え薄笑いを浮かべた。

「愛妻が出て行ったそうですね。お気の毒に……」

なぜそのことをこの男が知っているんだ？

「誰に聞いた？」

「私にも色々情報網がありましてね。DNA鑑定の結果も知っていますよ。奥様が産んだ子供は篠崎副社長と血の繋がりはなかったそうで……」

この事実を知っているのは限られた人間だけだ。いったい誰が……。

「穂乃果のことを探しているのでしたら諦めた方がいい」

「そんなことをわざわざ言いに来たのか？　それと、人の妻を呼び捨てにするのは感心しないな」

大島は俺の忠告を鼻で笑い、ソファにふんぞり返る。

「そんな小さなことを気にしていては、大企業の社長は務まりませんよ。やはり篠崎コーポレーションの後を継ぐのは、篠崎家の血筋じゃないと……」

「その嫌味はいつまで続く？　悪いが俺はそんなに暇じゃないんだ。帰ってくれ」

しかし大島は立ち上がろうとはせず、ここからが本題だとニヤリと笑った。

「篠崎コーポレーションは歴史ある会社です。古参の役員の中には創業者一族の中から社長を選ぶべきだという声が今でもある」

「それがどうした？」

この男はいったい何が言いたいんだ？

「残念ながらあなたは社長の義理の息子で血の繋がりはない。しかし篠崎家にはあなた以外に篠崎コーポレーションと関わりのある人は居ませんから、役員の方々は仕方なく副社長にはしましたが、社長となるとねぇ～やはり血筋が問題になってくるんですよ」

大島は、これはあくまでも役員の意見だと念を押し続ける。

「篠崎コーポレーションのグループ企業の中に篠崎家以外で社長と血の繋がりがある者がひとりだけ居る。その人物に篠崎コーポレーションを任せてはどうかという声がありましてね」

「なるほどな……君は自分が篠崎コーポレーションの正当な後継者だと言いたいのか？」

この男の母親は父といとこだったたな。

「そうです。私が篠崎コーポレーションの社長になれば、あなたの可愛い京介が次の社長になれる。京介は私の息子なんですから……」

　京介の名前が出たことで怒りが頂点に達し、大島の胸ぐらを摑み怒鳴っていた。

「京介は俺の息子だ！　今度そんなことを言ってみろ。ただでは済まないからな」

「妻に出て行かれて普通の精神状態ではないでしょうし、今の暴言は聞かなかったことにしましょう」

　それは以前、俺が大島に行った言葉。こいつはどこまで俺をイラつかせれば気が済むんだ。

「しかし役員の方々の意見は篠崎社長にお伝えします」

「好きにしろ」

　ようやく立ち上がった大島が一礼してドアの方に歩き出すも、すぐに立ち止まって振り返る。

「あ、それと、穂乃果と京介のことですが……ふたり共元気にしていますよ。これから本当の親子三人で幸せな家庭を築いていきますのでご心配なく。その為にもなるべく早く離婚届の提出をお願いします」

　穂乃果と京介が大島のところに？　嘘だろ？

　愕然として大島を引き止めることもできなかった。

いや、穂乃果があの男のところに行くはずがないだろ。それは絶対にあり得ないことだ。

そんな判断もできないくらい俺は冷静さを欠いていた。

それから三十分後、俺は父に呼ばれ社長室に向かった。

俺が社長室に入ると父は秘書を外に出し、開口一番、こう言った。

「今、大島貿易の冬悟君がここに来たよ」

あの疫病神、本当に父のところに行ったのか……。

「京介の父親のこと、どうして黙っていた？」

時間の問題だとは思っていたが、とうとう父の耳にも入ってしまったようだ。

「言う必要はないと私が判断したからです」

「早い話、私達はお前に騙されていたということか？　言っておくが、これはお前ひとりの問題ではない。篠崎家、そして篠崎コーポレーションの問題だ」

こんな険しい父の顔を見るのは、エミリが穂乃果を殴ろうとした時以来だ。

「黙っていたことは謝ります。しかし私は鑑定結果がどうであろうと京介を自分の子供として育てていくつもりでした」

俺の気持ちを正直に伝えれば、父は必ず分かってくれる。そう思ったのだが……。

「私は右京の子供だと思ったから祝福したんだ。騙された者の身になって考えてみろ。それに、こんなことが世間に知れたらいい笑い者だぞ。右京ひとりが笑い者になるなら自業自得だが、お前は篠崎コーポレーションの次期社長だ。会社を巻き込むことは許されない」

「それは……どういう意味ですか？」

「ゴシップ好きの週刊誌に嗅ぎつけられたらどうする？　面白可笑しく書かれるだけだ。穂乃果さんはいい娘だが、事が公になる前に別れた方がいい」

この発言はかなりショックだった。父の口からそんな言葉が出るとは想像もしていなかったからだ。

「それに、本当の父親は冬悟君だと言うじゃないか。やはり子供は本当の親の元で暮らすのが一番だよ」

——子供は本当の親の元で暮らすのが一番……？　ならば、本当の父を知らずに育った俺は不幸なのか？

「それが……父さんの本心なのですね」

一番尊敬する父に自分の人生を全否定されたような気がして堪らなくなった。

「私は、篠崎敏也の息子であることが誇りでした。たとえ血の繋がりはなくても、あなたが父で本当によかったと思っていたんです。少なくともその言葉を聞くまでは、私は幸せでした」

「右京……」

「穂乃果のお腹の子が自分の子供でないかもしれないと知らされた時、真っ先に頭に浮かんだのは、父さん、あなたの顔でした。父さんが実の子ではない私を大切に育ててくれたから、私は生まれてくる子が誰の子でも愛情を持って育てていこうと思えたんです。誰が反対しても父さんなら分かってくれると思ったんですが……残念です」

俺が話している間、父は瞬きもせず俺を見つめていた。その瞳からは様々な感情が読み取れたが、それを全て無視し、自分の思いをぶつける。

「父さんがそれほど血の繋がりを大切に思っているのでしたら、私は篠崎コーポレーションの社長にはなれません」

「う、右京……何を言っている？」

「役員の中にも父さんの実子ではない私が後継者になることに不満を持っている方が居るようですし、会社の為にも私は身を引きます」

ここまで父に逆らったんだ。それなりの覚悟はある。

「まさか……お前……」

「篠崎コーポレーションを辞めさせて頂きます。そして篠崎家も出ます」

言葉もなく愕然としている父に深く頭を下げ、感謝の言葉を述べると社長室を出た。

ドアを閉める直前、父が何かを叫んでいたが構わずドアを閉め副社長室に戻る。

地位も名誉も俺がこの手で摑み取ったものではない。たまたま父になった人が大企業の社長で、俺はその七光りで副社長になっただけのこと。与えられたものを手放すだけだ。なんの未練もない。

邪魔が入らぬようドアに鍵を掛け、波野君に俺が今現在関わっている全ての業務の資料を出すよう指示を出す。そしてそれを専務と常務に振り分ける作業に取りかかった。その間もドアを激しく叩く音が響き、父の怒鳴り声が聞こえていたが気にせず作業を続ける。暫くすると「右京、私が戻るまでここを出るんじゃないぞ」という父の切羽詰まった声がし、ドアを叩く音が止んだ。

波野君が言うには、父は今から株主との懇親会があるらしい。

「さすがに大株主との約束はキャンセルできないか……」

「それより、どういうことか説明して頂けますか？」

もう既に察しているであろう波野君に改めて会社を辞めることになったと告げると、

彼女は充血した目で俺を睨み、声を震わせ問うてくる。

「篠崎副社長は、会社ではなく奥様を選ぶのですか？」

「ああ、妻は俺の全てだ。今妻を選ばなければ、おそらく一生後悔する」

「そうですか……」

波野君はまだ何か言いたげだったが口を噤み、悔しそうに唇を噛む。

「君には随分世話になったね。心の底から感謝しているよ。有難う」

「そのお言葉……副社長が社長になられた時にお聞きしたかった」

この発言はかなり胸に響いた。俺は長年支えてくれた大切な相棒を裏切ってしまったんだ。

「すまない。ここはもういいから波野君は秘書課に戻ってくれ。社長に逆らった俺に協力すれば、君の評価を下げてしまう」

しかし波野君は動こうとはせず、背筋を伸ばして俺を真っすぐ見る。

「私は副社長秘書です。お手伝いをするのが仕事ですから」

長い付き合いだから分かる。こんな目をしている時の彼女は絶対に引かない。

「分かった。では、続きを頼む」

波野君、君は最高の秘書だ。そして篠崎コーポレーションの宝だ。どうかこれからも会社のことを宜しく頼む。

　全てが終わった頃にはすっかり日が暮れ、窓の外にはビル群の美しい夜景が広がっていた。

「長い時間、手伝わせてしまってすまなかったね」

「いえ、当然のことをしたまでです」

　彼女は素っ気なく言い、俺のデスクに淹れたてのコーヒーを置く。

　波野君が淹れてくれたコーヒーを飲むのもこれが最後か……。

「有難う……急なことで専務と常務には迷惑をかけるが、これで俺が居なくなっても問題はないだろう」

　ホッと息をつき、コーヒーを一口飲むと波野君が俺を睨みチクリと嫌味を言った。

「篠崎副社長がこんなに自分勝手な方だとは思いませんでした」

「すまない。否定はしないよ」

　苦笑いしながら退職願をデスクの上に置いて歩き出すと、後ろから波野君の声が追いかけてくる。

「私は納得できません！　篠崎コーポレーションの副社長の座をなぜこんなに簡単に

捨てることができるのですか？」

ドアを押す手を止め、笑顔でその質問に答えた。

「そうだな……君も本気で人を好きになったら俺の気持ちが分かるはずだ」

なんて偉そうに言ったが、かくいう俺もその気持ちを理解したのは最近のこと。

穂乃果に出会って初めて知ったんだけどな……。

ドアの外には父の指示を受け、俺を逃がさぬよう見張っていた数人の社員の姿があった。

「篠崎副社長、申し訳ありませんが、ここをお通しすることはできません。どうかこのまま副社長室へお戻りください。これは社長命令です」

「悪いがもう社長と話すことはない。そこをどいてくれ」

「いいえ！　手荒なことをしても構わない。何があっても副社長を引き止めろと言われていますので」

手荒なことをしても構わないか……父さんも随分物騒なことを言う。でも、そんなことを言われて大人しく引き下がるわけにはいかない。相手は四人。平均年齢は五十歳以上。いけるか……。

「だったら捕まえてみろ」

俺はその場で軽く足踏みをすると四人の動きを注視する。そして学生時代に培ったバスケのオフェンスのステップで立ちはだかる社員を次々にかわしていった。

現役の頃ほど俊敏には動けないが、足が縺れている中年社員相手なら余裕だ。

難なく四人を振り切りエレベーターホールへと急ぐ。

息を弾ませエレベーターの扉を閉めたその時、心拍数が上がった心臓の辺りで微かな振動を感じた。上着の内ポケットに入れていたスマホだ。

それを取り出した瞬間、俺は高速で降りていく箱の中で大きく目を見開く。

これは吉報か？　それとも……。

＊　＊　＊

「京介ちゃんよく眠っているね。穂乃果ちゃんも無理しないでもう少し寝てた方がいいよ。これ、頂きものの海老煎餅なんだけど、よかったら食べて」

「はい、すみません」

優しく声をかけてくれたのは、義理の姉の茜《あかね》さんだ。

篠崎家を出た私はタクシーの中で冬悟さんからのメッセージを読み、とにかく彼から離れなくてはと思い運転手さんに品川駅に向かって欲しいと頼んだ。そして名古屋行きの新幹線に乗車したのだけれど、静岡辺りから気分が悪くなり、我慢できなくなって実家がある浜松駅で下車してしまった。

実家に帰るつもりはなかったのでビジネスホテルに一泊するも体調不良は治らず、限界を感じて実家のお父さんに電話をして迎えに来てもらったのだ。

結局、私が頼れるのは実家の家族しか居なかった。

仕事を抜け出して迎えに来てくれたお父さんに車の中で事情を説明して右京さんとは離婚することになったと伝えると、動揺したのか車が少し左右に揺れた。

何より、京介が右京さんの子供ではないということがショックだったようだ。何度も『右京君に申し訳ないことをした』と呟いてはため息をつくお父さんの横顔を見ていると辛くて、私はなんて親不孝な娘なんだろうと胸が痛む。

『ごめんね。こんなことになって……』

しかしお父さんは無理やり笑顔を作り、明るい声で言う。

『篠崎家の方には迷惑をかけてしまったが、孫と一緒に居られるのは嬉しいぞ。京介はワシの初孫だからな！』

『それ、お義姉さんの前で言っちゃダメだよ』

兄夫婦には子供が居ない。どちらかが不妊というわけじゃなく、子供は持たないと夫婦で決めたそうだ。兄夫婦が決めたことだから外野がとやかく言うことではない。それが分かっていたから私もお父さんもそのことには触れないようにしていたが、お父さんの本音は『孫の顔が見たい』だった。

そしてお父さんは助手席の私の顔をチラッと見て、昨日、右京さんから電話があったとため息交じりに言う。

『右京君、穂乃果が居なくなったって取り乱していたよ。本当に連絡しないでいいのか？』

『うん……もしまた電話があっても私のことは知らないって言って』

それが右京さんの為なのだから……。

久しぶりの実家に懐かしさを感じながら仏壇のお母さんの位牌に手を合わせていると、仕事を終えた兄夫婦が帰ってきた。

『体の調子がよくなったらアパートを探して出て行くから、少しの間、ここに置いてください』

頭を下げる私にお兄ちゃんは困惑していたが、お義姉さんは『辛かったね』と呟き、自分の家なんだからずっと居ていいと言ってくれた。

お義姉さんにそう言ってもらえたのが何より嬉しくて号泣してしまった。

それから私は京介の世話をしながら寝たり起きたりの生活をしている。


お義姉さんに甘えっぱなしだな。早く元気にならなくちゃ。

海老煎餅を頬張りながら小さな寝息を立てている京介の頭を撫でた時、玄関のチャイムが鳴る音が聞こえた。

えっ？　もう九時半を過ぎているのに、こんな時間にお客さん？

「はい、はーい。ちょっと待ってくださいよ～」

玄関に向かったのはお父さんのようだ。

微かに話し声が聞こえていたけれど内容までは分からない。すると突然、廊下を走る足音が近づいてきた。

……えっ？　何事？

布団の上に座ったままフリーズしていると目の前の障子が勢いよく開き、そこに居たのは、もう二度と会うことはないと思っていた人……。

「う……きょう……さん。どうして……」

「それは、こっちの台詞だ。どうして出て行った？」

彼は安堵と怒りが入り混じった表情で座敷に入ってくると、座っている私の体を包み込むように抱き締めた。

あぁ……温かい。

もう感じることはないと思っていた温もりに包まれ心が満たされていく。

でも、この温もりを求めてはいけない。右京さんを受け入れてしまったら、彼を不幸にしてしまうから……。

「ダメです……私達はもう……京介が右京さんの子供ではないと分かった以上、あなたとは一緒に居られない。どうかお願いです。篠崎の家に戻ってください」

「鑑定の結果など気にするな。それに、俺はもう篠崎家の人間ではない。会社も辞めてきた」

衝撃発言に愕然として慌てて彼の胸を押す。

「会社を辞めたって……嘘……ですよね？」

「本当だ。俺は穂乃果と京介が居てくれればそれでいい」

そんなことって……私は既に右京さんを不幸にしている。私に関わったばっかりに、右京さんは何もかも失ってしまったんだ。

自分の罪深さに耐え切れず泣き崩れるも彼は優しく私の頭を撫で、とても穏やかな声で語りかけてくる。

「穂乃果、俺は今、最高に幸せだよ」

「右京さん……」

「穂乃果が隣に居てくれればそれでいい。それが俺の幸せなんだ」

右京さん、あなたはどうしてそんなに優しいの？　優し過ぎて……私、もう、あなたを拒めない。

「私も……」

「私も……なんだ？　本当の気持ちを言ってみろ」

「私も同じ……右京さんが居てくれないと幸せになれない」

愛しい温もりを求め、今度は私が彼を強く抱き締める。が、その時、頭上からすすり泣く声が聞こえてきた。

見れば、お父さんと兄夫婦が三人揃って滝のような涙を流している。

「げっ！　お父さん達、見てたの？」

「ああ、バッチリ見させてもらった。穂乃果、ワシは感動したぞ」

身内に愛の抱擁を見られたことが死ぬほど恥ずかしくて絶叫しながら右京さんを思いっきり突き飛ばす。すると兄夫婦が駆け寄って来て私の前に座った。

「穂乃果ちゃん、私も感動したよ。穂乃果ちゃんが隣に居てくれるだけでいいだなんて、最高の旦那さんじゃない。私、この感動を忘れないように日記に書いておくからね」

えっ？　日記？

「そうだぞ、お前みたいなこれと言ってなんの取柄もない女にどうしてそんなに執着するのか全く分からないが、右京君がそう言ってくれているんだ。もう離婚なんて考えるんじゃないぞ！」

どさくさに紛れて軽くディスられてる。

そして突き飛ばしてしまった右京さんのことが気になり横を向くと、右京さんとお父さんが真顔でガッツリ抱き合っていた。その異様な光景にギョッとして二度見する。

何？　この絵面……右京さんはいいとして、お父さんの陶酔した顔がめっちゃキモいんだけど……。

そんなこんなで右京さんは兄夫婦ともすっかり打ち解け、その流れで急遽、今後の私達のことについて家族会議が行われることになった。

京介が起きないよう座敷の隅で円陣を組み声を潜めて意見を交わす。

「で、右京君はこれからどうするつもりだ？」

お父さんが聞くと右京さんの表情が引き締まり、正座をして頭を下げた。

「相良家の皆さんにはご迷惑をおかけしますが、私も穂乃果と京介と一緒にここで暮らしたいのですが、宜しいでしょうか？」

「いいに決まっているだろ。右京君は大切なワシらの家族だ。なぁ、そうだろ？」

その言葉にお兄ちゃんも大きく頷く。

「ああ、全て捨てて穂乃果を追いかけてきてくれたんだ。俺達も協力するよ」

しかし問題はお義姉さんだ。家族の中で一番負担が増すのはお義姉さんなのだから。迷惑じゃないかなとお義姉さんの顔色を窺うも、拍子抜けするくらいあっさり「いいよ」と承諾してくれた。でも、ひとつだけお願いがあると言う。

「私ね、穂乃果ちゃんと右京さんがどういう経緯で結婚したのかあまり詳しく聞いてないの。でね、ふたりの馴れ初めとか聞かせてもらいたいんだけど……いい？」

「馴れ初めですか……」

私は右京さんと顔を見合わせ苦笑い。

「話すのはいいけど、色々あったからお義姉さんにドン引きされないか心配だな」

「何言ってるの？　色々あった方が刺激があっていいじゃない！　是非聞かせて！」

お義姉さんが目を爛々と輝かせ迫ってくる。その迫力に押され思わず「はい」と答えてしまった。

お義姉さんって、そういうことに興味ある人なんだ……。

意外な一面を知り少々驚いていると、隣の右京さんが姿勢を正して口を開く。

「それで、皆さんにご相談なのですが、居候というのもなんですし、お父さんのお店のお手伝いをさせて頂けないかと……」

これには全員が仰天して大声を上げた。

「右京君が定食屋を手伝う？　それはちょっと……」

「どうしてですか？」

「どうしてって……なんかこう、イメージじゃないんだよなぁ～。右京君がエプロンして唐揚げを揚げてる姿なんて想像できないし……」

「だよな。大企業の御曹司にそんなことさせたらバチが当たるよ」

皆困惑していたが、右京さんは手伝う気満々だ。

「いえ、私はもう篠崎コーポレーションを辞めた人間です。これからは定食屋の一従業員として少しでも皆さんのお役に立てるよう頑張りますので、宜しくお願い致します」

ヤバい。右京さん本気だ。

「で、でも、仕事なら他にもあるし、わざわざウチの店で働かなくても……」

私もやんわり反対したのだけれど、そこでお義姉さんがボソッと呟いた。

「いいんじゃないかな？　右京さんみたいな超イケメンが店に居たら若い女性のお客さんが増えるかもしれないし」

その発言に食いついたのはお兄ちゃんだ。自分もイケメンだと主張するもお義姉さんは完全スルー。場の空気がちょっと妙な感じになる。

多少の小競り合いはあったが右京さんに押し切られる形で話し合いは終わった。

でも、本当にそれが右京さん真意なのかな？

まだ半信半疑だった私は、京介を真ん中に川の字になって床に就いた直後、改めて右京さんの気持ちを確認してみた。

「本当に父の定食屋を手伝うんですか？」

薄暗がりの中、京介の頭を撫でていた彼が顔を上げてニッコリ笑う。

「もちろん！　早速、明日から手伝いに行くよ。調理は無理でも皿洗いやオーダーを取ることくらいはできるから」

右京さんは屈託のない笑顔で「楽しみだな」なんて言っているけど、私は彼の人生を狂わせてしまったようで辛かった。

何もなければ篠崎コーポレーションの社長になり順風満帆な人生を歩んで行くはずだったのに……それに、今はよくても後々後悔するんじゃあ……。

「穂乃果、どうしてそんな切なそうな顔をする？」

「だって、こんなことになるなんて想像もしていなかったから。篠崎のご両親にも申し訳なくて……お義母さんとちゃんと話をしたんですか？」

「母にはここに来る前に電話をして篠崎の家を出ると伝えたよ。もちろん納得はしていなかったが……」

納得なんてしてもらえるはずないよね。今頃、お義母さん泣いているかもしれない。

そう思うと申し訳なくていたたまれなくなる。

「両親には悪いことをしたと思っている。でもな、穂乃果が浜松の実家に居ると聞いて一刻も早く会いたいと思ったんだ。俺が求めているのは、君と京介。だからこの決断に後悔はない」

彼のその言葉を聞き、ある疑問が頭を掠めた。

「右京さんはどうして私が実家に居るって分かったの？」

私がここに居るということは、ウチの家族しか知らないはず……あっ！　違う。もうひとり居た。

「奈美恵……ですか？」

奈美恵を巻き込みたくなかったから彼女の電話にも出なかったんだけど、何度もかかってくるので根負けして今日の夕方の電話に出たんだ。そして実家に居るって打ち明けていた……。

「ああ、だが、彼女を責めないでくれよ。俺が強引に頼んだんだ。穂乃果から連絡があったら教えて欲しいと」

そうだったのか。奈美恵ったら、初めからそのつもりで……奈美恵の演技にすっかり騙されてしまった。

納得の息を吐き苦笑すると、右京さんが私の布団に潜り込んできた。

「ちょっ……右京さん、ダメですよ」

「なんで？」

「だって、またお父さん達が来たら……」

私はさっきのことが完全にトラウマになっていて気が気じゃない。

「お義父さん達もさすがに寝ているところまでは覗きには来ないだろ。でも俺は覗かれても構わないぞ。仲のいい夫婦だと思ってもらえるからな」

本気なのか冗談なのか、右京さんはそう言うと私を布団の中に引きずり込み有無を言わさず唇を奪う。

「んんっ……右京……さぁん」

「その甘ったるい声を聞きたかったんだ……」

右京さんの低音ボイスが耳を掠めた瞬間、頬が熱くなるのを感じた。

ヤダ……そんなこと言われたら、私……。

暗闇の中で交わすキスは背徳感たっぷりで忘れかけていた欲望を思い起こさせる。

とうとう我慢できなくなり広い背中に手を回すと、右京さんが切なげに零した。

「出産したばかりだし、体の具合もよくないようだから楽しみはもう少し後に取っておくよ」

最高に辛いお預けにどうしようもないもどかしさを感じたけれど、それ以上に彼の優しさが深く胸に沁みる。

「でも、キスはやめないぞ。たっぷり楽しませてもらう」

「うん……もっといっぱいキス……して」

8　仕組まれた愛の奇跡

――一ヶ月後。

まだ厳しい寒さは続いているが、私の体調不良はすっかりよくなり、右京さんは今日も楽しげにお父さん達と仕事に出掛けて行った。

正直、家族の誰も彼がこんなに長く定食屋の手伝いをするとは思っていなかった。右京さんの仕事はオーダー取りと配膳。そして洗い物をするくらいで決して面白い仕事ではない。それでも彼は実に楽しそうだ。

右京さん曰く、篠崎コーポレーションで億に近い金額の商談を成立させた時より、お父さんが作った料理をお客さんが綺麗に平らげ『ご馳走様。美味しかったよ』と声をかけてくれた時の方が何倍も嬉しいのだと。

それが右京さんの本心なら私も嬉しい。でも、少々気になっていることがあった。あれは、五日前。お義姉さんが何気なく言った言葉がずっと心に引っかかっている。

『やっぱり私が思った通り、右京さんが店を手伝ってくれるようになってから若い女性のお客さんが増えたよね。毎日、ランチに来てくれる人も居るし』

つまり私は右京さん目当てで店に来る女性客に嫉妬していたのだ。そしてもうひとり、私以上に嫉妬している人物が居た。それは、お兄ちゃんだ。

仕事を終えて家に帰り、熱めのお風呂に浸かって一日の疲れを取った後、お義姉さんと晩酌をするのが唯一の楽しみだったのに、お義姉さんは寝る寸前まで私や右京さんが居る座敷に居てお兄ちゃんのことはほったらかし。

今朝もお兄ちゃんにこっそり裏口に呼ばれて愚痴られてしまった。

『茜は毎晩、お前らの部屋で何やってんだよ？』

『何って……私と右京さんの馴れ初めを詳しく聞かせて欲しいって……凄く真剣な顔で聞いてくるから仕方なく話しているんだけど……』

『本当にそれだけか？』

お義姉さんは私達の部屋から戻ると深夜までスマホをいじっていて、お兄ちゃんが後ろを通っただけで睨んでくるらしい。

『仕事中も神妙な顔で右京君となんかコソコソ話してるし、右京君が来てから茜の様子がおかしいんだよ……』

つまり、お義姉さんに相手にされなくて寂しいってことか。でも、お兄ちゃんが拗ねるのは勝手だけれど、それを右京さんのせいにされては堪らない。

『だったら、もっとお義姉さんに優しくしてあげれば？　右京さんはすっごく優しいよ』

とは言ったものの、確かにお義姉さんの言動は妙だ。私達の馴れ初めを聞いている時も右京さんの方ばかり見てるし、右京さんの数々の男前発言を聞き『やっぱ、東京の男の人は違うなぁ～』といたく感激していた。

まさか……お義姉さん、右京さんのことを……いやいや、そんなことあるわけがない。だけど、ぶっきらぼうで口の悪いお兄ちゃんより、右京さんの方が魅力的なのは確かだ。朝から晩まで一緒に居るんだもの。その魅力に気づかないはずがない。

なんだか急に不安になってきた。それに、お店でのふたりの様子が気になる。天気もいいし、京介はたっぷりミルクを飲んでご機嫌だ。散歩がてら行ってみようかな……。

店は歩いて十分ほどの商店街の中にある。三時を過ぎているから今は午後の仕込みの最中。邪魔をしないようちょっと覗くだけならいいよね。

京介をベビーカーに乗せ、白い息を吐きながら歩き出す。ほどなく見えてきたのは年季が入った【相良屋】と書かれた看板。

のれんが出ていないのを確認して店の引き戸を少し開けると、右京さんがお父さん達と談笑しながら親子どんぶり用の鶏肉をカットしていた。

へぇ～包丁持たせてもらえるようになったんだ。

まだちょっぴりぎこちない包丁さばきを見てクスッと笑った時、右京さんが私に気づいて厨房から出てくる。

「珍しいな。穂乃果が店に来るなんて」

「う、うん……京介と散歩の途中なの」

後ろめたさを笑顔で隠し明るく答えたその声とはもるように背後から名前を呼ばれた。

嘘……この声は……。

恐る恐る振り返るとダークグレーのスーツを着たロングヘアの女性と目が合い、体がビクッと震える。

「波野……さん。どうしてここに……」

「社長の指示でお迎えに上がりました」

反射的に見上げた右京さんの顔は冷静そのもの。慌てている様子はない。

「波野君、わざわざ来てもらって申し訳ないが、俺はもう会社にも篠崎の家にも戻るつもりはない。帰って父にそう伝えてくれ」

「いえ、必ずお三方をお連れするようにと言われておりますので……」

「えっ？　それは私と息子も……ということですか？」

「はい、車を待たせてありますので、すぐにご用意を」

そして波野さんは店の奥に目を向け、深く頭を下げた。

「ご連絡、有難うございます。篠崎社長が感謝しておりました」

彼女の視線の先に居たのは、神妙な顔をしたお父さん。

「連絡って……お父さん、どういうこと？」

父に裏切られたと思い声を荒らげると、厨房の中に居たお義姉さんがカウンターから身を乗り出して大声で叫ぶ。

「お義父さんを責めないで！　これは穂乃果ちゃんと右京さんの為。苦渋の決断だったの」

お父さんはこのままではいけないと、ずっと悩んでいたらしい。

「お義父さんはね、三人が来てくれて本当に嬉しかったんだよ。でも、家出同然で篠崎さんの家を出てきた穂乃果ちゃん達を凄く心配していたの」

だから京介の将来の為にも逃げていてはいけない。篠崎の両親とちゃんと話し合ってけじめをつけるべきだと考えた。

「双方納得した上で今の生活を続けたいと言うのなら全力でサポートするって……お義父さん、そう言っていたんだから」

必死の形相でお父さんの気持ちを代弁するお義姉さん。その黒目がちの目から大粒の涙が零れ落ちる。

「お義姉さん……」

私はなんて愚かで自分勝手だったんだろう。そうだよね。逃げていてもなんの解決にもならない。私はあんなに大切にしてくれた篠崎の両親に嘘をついて裏切ってしまったんだもの。全てを話して謝らないと……。

「穂乃果はここに居ろ。俺がひとりで行く」

突然聞こえてきた声に慌てて首を振る。

「いえ、私も一緒に行きます。お義父さんは三人で来るようにって言っているんですから」

「ダメだ。これ以上、穂乃果に辛い思いはさせられない。俺が父と話をする。そして必ずここに戻って来るから」

「でも、これは私の問題でもあるの。自分で決着をつけさせてください」

そう、右京さんに守られてばかりじゃいけない。私は京介の母なのだから、この子が誇れるような母親にならなきゃいけないんだ。その為にも逃げちゃダメ。

しかし右京さんは私が同行することを許さず、エプロンを外すと店を出て行こうとする。すると今度はお兄ちゃんが叫んだ。

「穂乃果が望んでいるんだ！　頼む。穂乃果も連れて行ってくれ！」

えっ……人に頭を下げるのが嫌いなお兄ちゃんが頭を下げている。

そしてお兄ちゃんにつられるようにお父さんとお義姉さんも並んで頭を下げた。その様子を見た右京さんが眉頭を寄せ苦悶の表情を見せる。

渋々頷いた右京さんと共に京介を抱いて店を出た私は家族に一礼して黒塗りの車に乗り込んだ。

お父さん、お兄ちゃん、お義姉さん、皆有難う。ちゃんと決着をつけてくるから。


二時間半後、篠崎家の白壁が見えてきた。

大人しく私の腕の中で眠っている京介をギュッと抱き締め、心の中で『いよいよだ』と呟く。

隣に目を向ければ、腕組みをした右京さんが険しい顔で真っすぐ前を見据えていた。右京さんも緊張しているんだ……。

浜松を出発してから今まで、どうしてお父さんが篠崎の家に私達のことを伝えたのか、ずっと考えていた。

きっとお父さんは、右京さんを篠崎コーポレーションに戻したかったんだよね。それが右京さんにとって一番いいと思ったから。私もそう思う。やっぱり彼にエプロンは似合わない。右京さんはスーツを着ている方がずっと素敵だもの。

お義父さんに謝ったら、右京さんを許してもらえるようお願いしよう。

「到着しました。お疲れ様です」

波野さんの声が聞こえたのと同時に車が停車し、右京さんがドアを開け車外へと足を踏み出す。私もその後に続いたのだが、車を降りる寸前、ドアの横に立っていた波野さんが小声で話しかけてきた。

「私が以前、お願いしたことを覚えていますよね？　篠崎コーポレーションには副社長が必要なんです」

「……分かっています。私も右京さんは篠崎コーポレーションに戻るべきだと思っています」

「そうですか。その言葉を聞いて安心しました」

安堵の笑みを漏らした波野さんだったが、すぐにその微笑みは消え、歩き出した右京さんの背中に視線を向ける。

「それと……後で篠崎副社長にお伝えください。副社長室を出る時、得意げに語っていらっしゃいましたが、篠崎副社長が気づかなかっただけで私は随分前から分かってました。一番近くに居た者の想いが分からないのに偉そうなことを言わないで頂きたいと……」

「えっ？　それはどういうことですか？」

しかし波野さんはその質問には答えず、目を伏せ先に立って歩き出す。

はて？　と首を傾げた時、右京さんが振り返り、私の腰に手を回した。

「大丈夫だ。俺は穂乃果と京介を必ず幸せにする」

「……右京さん」

「父とは俺が話す。君は何も言わなくていい」

右京さんはまだ浜松に戻るつもりでいるんだ……。

母屋の玄関を入ると波野さんは出迎えてくれた本田さんに会釈して去って行く。

「お帰りなさいませ。右京様……若奥様」

私をまだ若奥様と呼ぶ彼に違和感を覚えたが聞き流してお義父さんが待つ洋間へと向かった。だが、洋間に居たのはお義父さんだけではなかった。

お義母さん……それに、エミリさんも……。

一瞬たじろぐも謝らなくては思いその場で京介のこと、そして黙って家を出たことを詫びた。

「穂乃果、もういい」

右京さんが頭を下げる私の体を抱き寄せ切なそうな顔をしている。だけど、構わず謝り続けた。

「立ってないで座りなさい」

お義父さんの言葉に従いソファに腰掛けると、今度は右京さんを許して欲しいとお願いする。

「右京さんを許してくださるなら、私は身を引きます」

「なっ、穂乃果、何を言ってる？　俺は君と生きていくと決めたんだ」

「いいえ、右京さんはここに残ってください」

「バカ！　そんなことできるわけないだろ」

そんな会話が暫く続き、右京さんが「もういい。浜松に帰ろう」と言って立ち上がると、お義父さんが思いもよらぬことを言った。

「だったら、三人共ここに居ればいい」

三人共って……それは私と京介もってこと？

私と右京さんは言葉を失い呆然とお義父さんを見つめていたが、そんな私達とは対照的に激高したエミリさんがお義父さんに食ってかかる。

「パパ、正気なの？　この人が抱いてる子はお兄さんの子供じゃないのよ」

「分かっている。だが、右京が自分の子として育てると決断したんだ。私はその思いを尊重してやりたい」

予想もしていなかった展開――。お義父さんは、右京さんの子供ではない京介を受け入れると言ってくれたのだ。

信じられなかった。それは右京さんも同じだったようで、興奮気味に腰を浮かせ、何度も確認している。

「父さん、本当にいいんですか？」

「ああ、三人で来るように言ったのは、そのことを伝えたかったからだよ」

お義父さんは、この事実を知った時、右京さんが京介の父親になることに反対だった。でも、徐々に考えが変わっていったのだと。そのきっかけとなったのが、右京さんが社長室でお義父さんに言った言葉。

『父さんが本当の息子ではない私を我が子のように育ててくれたから、私は生まれてくる子が誰の子でも愛情を持って育てていこうと思えたんです。誰が反対しても父さんなら分かってくれると思ったんですが……残念です』

お義父さんは右京さんが家を出て行った後、その言葉を思い出して後悔したそうだ。

「私が右京を大切に思うように、右京もまた京介を大切に思っている。どうしてその気持ちを分かってやれなかったのかと自分を責めたよ。右京が自分の子だと言うならそれでいい。なぁ、そうだよな？　彩乃《あやの》」

お義父さんが隣に座っているお義母さんの顔を覗き込むと、お義母さんがこくりと頷く。

「事情は穂乃果さんのお父様に全て伺いました。一番辛かったのは穂乃果さんなのに、私は自分の都合しか考えていなかった……本当にごめんなさいね」

「そんな……私の方こそ黙っていてすみません」

また三人で暮らせるのだと思うと嬉しくて、有難くて……感極まり溢れ出た涙が頬を伝う。でも、まだ全てが解決したわけではなかった。

「私は認めない！」

エミリさんが凄い勢いで立ち上がり、声を荒らげる。

「子供のことも この人のことも絶対に認めないから！　本当の父親が誰か分かっているんだからその人のところに行けばいいのよ」

「エミリ、いい加減にしろ！」

右京さんが怒鳴るもエミリさんは怯むことなく私を睨み、叫びながら摑みかかってきた。

「嘘つきは幸せになる資格なんてないのよ！」

それを見た右京さんがエミリさんの手を払い除け、私と京介を庇うように覆いかぶさる。その直後だった。視界から消えたエミリさんが悲痛な声を上げた。

「痛い。放して！」

彼女の腕を摑んでいたのは、今まで部屋の隅で沈黙を守っていた本田さんだった。

「エミリ様、もう終わりにしましょう……」

本田さんは持っていた白い封筒を右京さんに差し出し、中を確認して欲しいと言う。

「まさか……それって……ダメ！　見ちゃダメーっ！」

顔面蒼白になったエミリさんが封筒を奪おうと必死にもがくが本田さんに阻まれその手はむなしく空を切る。それでもエミリさんは諦めることなく封筒に手を伸ばし、もう片方の手で本田さんを押し退けようとしていた。

尋常ではないエミリさんの様子に全員が息を呑み言葉を失う。そんな中、エミリさんを羽交い絞めにした本田さんが右京さんに向かって大声で叫ぶ。

「頼む！　早くその中の書類を見てくれ！」

「あ、ああ……」

本田さんに急かされ、右京さんが既に封が切られている封筒の中から書類を取り出すと……。

「これは……」

書類の表紙を見た私と右京さんは同時にお互いの顔を見た。

【DNA父子鑑定結果報告書】

右京さんと京介が親子ではないと証明されたDNA鑑定の結果報告書だ。

「今更こんなものを俺に見せて何がしたいんだ？」

眉を顰めた右京さんが本田さんに視線を向けると、本田さんは一転、力ない声で呟く。

「鑑定結果を……よく見てくれ」

「結果？」

右京さんの指が表紙を捲った瞬間、今まで金切り声を上げて抵抗していたエミリさんの動きがピタリと止まり両手で顔を覆って泣き崩れた。

何がなんだかさっぱり分からない。当惑を感じながら結果報告書に視線を落とすと、それは以前、私が見た物と同じで一番上に鑑定方法の説明が書かれていて、その下には結果説明が……。

【――分析の結果、擬父は子の生物学的な父親として強く推測される。父権肯定確率は、99.999パーセント】

「……これは、いったい……」

違う。これは私が見た報告書じゃない。それに鑑定をした日付も違っている。

「本田さん、この報告書は誰のものですか？」

困惑気味に訊ねると衝撃的な言葉が返ってきた。

「……それは、右京様と京介坊ちゃんのDNA鑑定の結果報告書です。若奥様が見たのは偽物。これが本物の報告書です」

「えっ……」

ということは……右京さんと京介は……親子？　本当の親子なの？

頭の中が真っ白になり完全に思考が停止した。同時に全身の力が抜けて後ろのソファにストンと座り込む。そんな私の虚ろな目に映っていたのは、本田さんに歩み寄る右京さんの後ろ姿。

「智治……どういうことだ？　ちゃんと説明しろ」

右京さんの声が怒りで震えている。

「右京様、申し訳ありませんでした。悪いのは私。全て私が仕組んだこと……」

本田さんは右京さんの前に跪くと額を絨毯に押しつけた。

「頭なんて下げなくていい。真実を話せ！」

右京さんが本田さんの胸ぐらを摑み、今にも殴りかかりそうな勢いだ。その様子を見たお義父さんが右京さんを制し、座るよう促す。

「本田君、どういうことなのか説明してくれ」

本田さんは床に突っ伏して泣くエミリさんの横で正座したまま話し出す。

「私は、エミリ様がどれほど右京様のことを愛していらっしゃるか、間近で見て知っています。ですから、エミリ様から右京様を奪った若奥様が憎かった。どんな手を使っても若奥様を篠崎家から追い出したかったんです」

本田さんは熱海に居る時、冬悟さんと会ったエミリさんから私のお腹の中に居るのは右京さんの子供ではないかもしれないと聞かされ、ある計画を思いついたそうだ。

「ＤＮＡ鑑定をして京介坊ちゃんが右京様の子供ではないと証明できれば、若奥様を追い出せる……」

しかし万が一、右京さんと京介が本当の親子だったら……これは本田さんにとって大きな賭けだった。思案した結果、彼は確実な方法を選ぶ。自分のＤＮＡを採取し、それを右京さんのものだと偽り、京介との親子鑑定検査をした。

「それが、若奥様が初めに見た鑑定結果です。私のＤＮＡですから親子であるはずがない。そして今見て頂いたのが、若奥様が郵送した本物……」

本田さんは鑑定会社に事前に連絡をし、どちらが本物の父親か確認する為の鑑定だと伝えた上で自分の検体が入った方を先に郵送し、右京さんから採取した本物の鑑定結果が届く前に私に見せた。

「そんなことって……でも、本田さんはどうやって京介の検体を採取したの？」

本田さんが京介に近づいたところなんて見たことがない。

「若奥様が退院された日、寝室で休まれていましたよね？　その時、奥様がトイレに立った隙にエミリ様に採取して頂きました」

あ、あの時に……。

「エミリ様にこの計画を話した時、エミリ様は反対されました。しかし私が強引に計画を進めたんです。悪いのは私ひとり。どうかお願いです。エミリ様を責めないでください」

本田さんが話し終わると黙って話を聞いていたお義父さんが顔を上げた。

「本田君、君がしたことは穂乃果さんを傷つけ、右京を苦しめた。到底許されることではない。今すぐこの家を出て行ってくれ」

本田さんが立ち上がり、丁寧に頭を下げる。

「私がしたことで皆様を苦しめてしまったこと、心よりお詫び申し上げます。篠崎家で受けたご恩は決して忘れません。お世話になりました」

誰も言葉が出なかった。でも、本田さんが洋間のドアを開けた時、床に突っ伏していたエミリさんが突然立ち上がる。

「イヤだ！　本田君、行かないで！」

本田さんの元に駆け寄ったエミリさんが引き止めるように彼の体を抱き締め「どうして本当のことを言わないの？」と声を震わせた。

「エミリ様、何を言っているのですか？　今話したことは全て本当の……」

「違う！　本田君がこの計画を考えたなんて嘘！　悪いのは私なのに……全部私がしたことなのに……どうして私を庇って悪者になろうとするの？」

エミリさんの問いに答えたのは本田さんではなく、お義母さんだった。

「本田君はエミリちゃんのことが好きなのよ。だからエミリちゃんのことを庇って嘘をついた。そうでしょ？　本田君」

「そ、そんなことは……私はただ、エミリ様がお可哀想で……」

今まで冷静に淡々と話していた本田さんの声が上ずり、色黒の顔がほんのり赤く染まる。

お義母さんの言葉と、本多さんの慌てようを目の当たりにして全てが腑に落ちた。きっと、お義母さんが言ったことは当たっている。本田さんはエミリさんのことが好きで彼女の願いを叶えようとしたんだ。

今、彼が真実を話してくれたのは大切な親友の為。本田さんは右京さんの幸せを願って全てを明らかにし、愛するエミリさんを庇って悪者になることを選んだ。そうすれば全て丸く収まるから。これが本田さんが考えた篠崎家への恩返しだったのかもしれない。

なんだか凄く切なくなった。もちろんＤＮＡ鑑定の結果を偽造したことは許せない。そのせいで辛く苦しい日々が続き、涙が涸れるくらい泣いたもの。でも、彼の胸の内が分かったから……。

「本田さん、本当のことを話してくれて有難う」

「若奥様……」

そして私は、ずっと気になっていたあのことを彼に訊ねた。

「私、本田さんにひとつだけ聞きたいことがあるの。鑑定結果が入った封書を離れに持ってきてくれた時、私に何か言おうとしていましたよね。『若奥様……実は……』あの言葉の後、本田さんは何を言おうとしたんですか？」

「そ、それは……」

彼は明らかに動揺していた。その様子を見て確信する。

「もしかして……本田さんは私に鑑定の偽装を伝えようとしてくれていたんじゃないですか？」

本田さんは驚いた表情で私を凝視するもすぐに目を逸らす。

「あの時、私に真実を話していたら計画は台無しになっていたのに……なぜ？」

黙り込んだ彼の顔に苦悩の色が浮かぶ。が、観念したように顔を上げた。

「それは、私が熱海に行っている間、若奥様がリンドウの世話をしてくださっていたと聞いて……一瞬、心が揺れました」

「リンドウで……ですか？」

母屋の近くの花壇に咲いていたリンドウは、本田さんの亡くなったお母さんの形見だった。本田さんが高校生の頃、突然現れた債権者に家を明け渡すよう言われ、荷物をまとめる間もなく追い出された。その時、亡き母が大切にしていた庭のリンドウが目に留まり、せめてこれだけはと株を掘り起こして家を出たそうだ。

「奥様の厚意でこちらの庭に植えることを許して頂き、毎年、花が咲くのを楽しみにしていたのですが、去年は長い間留守にしていたので枯れてしまったのではと心配していたんです。でも、若奥様が世話をしてくださって綺麗な花が咲いていたと聞き、本当に嬉しかった」

それが真実を話そうと思った理由？

「庭のリンドウの花が咲くと思い出すんです。両親のことを……そして幸せだった子供の頃を……」

本田さんにとって、あのリンドウは家族と幸せに暮らしていた頃を思い出させてくれる唯一の形見。大切な花なんだ。

ここに居る全員が本田さんの気持ちを理解して押し黙る中、右京さんが口を開く。

「父さん、エミリと智治の今後について話がしたいのですが……」

「話をするのはいいが、このまま何もなかったということにはできないぞ」

「当然です。ふたりにはそれなりの償いをしてもらいます」

できれば私も同席したかったけれど、京介が泣き出したのでお義母さんに付き添われ一足先に離れに戻った。

ここを出たのは一ヶ月前なのに、なんだか随分昔のような気かする。色んなことがあり過ぎたせいかな。でも、三人で戻って来ることができて本当によかった。この家には実家とはまた違う安心感がある。

「エミリさんと本田さん、どうなるんでしょう?」

ミルクを飲み終えた息子の頭を撫でながらお義母さんに訊ねると、寂しそうに視線を落とす。

「もう篠崎の家には居られないでしょうね」

「そうですか……」

「でも、エミリちゃんと本田君がお互いを大切に想っていると分かって凄く嬉しかった。どこに行ってもふたりならきっと大丈夫。私はそう信じてる。それより、穂乃果さん、今まで辛かったでしょ。私はあなたの母親なのに何もしてあげられなかった。これからは母としてあなたのことを全力で守るから……許してちょうだいね」

京介ごと私を抱き締めてくれたお義母さんから優しい香りが漂ってくる。それは、亡くなった母の香りとよく似ていた。

瞼を閉じれば、懐かしい香りが私の意識を過去へと誘い、亡き母と過ごした楽しかった日々が蘇ってくる。

本田さんもこんな気持ちであのリンドウの花を見ていたのかな……。

私は抱き締めてくれているお義母さんの腕をギュッと握り、柔らかい胸に顔を埋めた。

「これからお義母さんにいっぱい甘えていいですか?」

今の私が母と呼べるのは、お義母さんだけだから……。

「もちろんよ。穂乃果さんは私の可愛い娘だもの」

その声までもが天国の母の声と重なり、胸が熱くなった。


——三ヶ月後の土曜日。

右京さんが出張で留守だと知った奈美恵が我が家に遊びに来てくれた。

「やっと穂乃果の新居に来ることができたよ」

「遠慮しないでいつでも来てくれていいんだよ」

くすりと笑い、リビングのソファで大胆にくつろいでいる奈美恵の前にお義母さんからお裾分けしてもらったハーブティーを置くと奈美恵が体を起こしてブンブンと大きく首を振る。

「いやぁ～副社長が居ると緊張しちゃうんだよね～。でも、京介君が副社長の子供で本当によかった」

奈美恵はソファ横のベビーベッドで機嫌よく声を上げている京介を見て、私達がまた一緒に暮らせるようになったのは、自分が私の居場所を右京さんに教えたからだと得意げだ。

「それで、例の妹さんと庭職人さんはまだ熱海に居るの？」

「うん、ふたり共、旅館の仕事頑張ってるみたいだよ」

あの後に行われた家族会議で、お義父さんは本田さんを解雇。エミリさんを勘当すると言ったらしいが、右京さんが反対した。

もちろん右京さんもふたりがやったことは許せないし、腸が煮えくりかえったと言っていた。でも、あのＤＮＡ鑑定に誰も疑問を持っていなかったのに本田さんは自ら偽造したと告白したのだ。彼の告白がなければ私達は一生、真実を知らずにいたかもしれない。それにエミリさんも、本田さんがひとりでやったことにして黙っていれば自分の身は安泰だったのに首謀者は自分で、本田さんの反対を押し切って事に及んだのだと認めたのだ。そして本田さんだけは許してやって欲しいと懇願したらしい。

「右京さんがね、エミリさんが他人を庇うのを初めて見たって言ってた」

そしてエミリさんは自分から、もう一度ふたりで熱海の叔母さんのところに行かせて欲しいとお義父さんと右京さんにお願いしたそうだ。その願いが聞き入れられ翌日、ふたりは篠崎家を出て行った。

「でもさぁ、妹さんは篠崎副社長のことが好きだったんじゃないの？」

「うん、でもね、本田さんが篠崎の家を追い出されそうになった時、気づいたんじゃないかな。自分に本当に必要なのは本田さんだって」

「なるほど」と納得した奈美恵だったが、もうひとつ分からないことがあると言う。

「その本田さんって人、妹さんが好きなら穂乃果と副社長が上手くいってくれた方がよかったんじゃない？　そうすれば自分にもチャンスがあるわけだし。なのに、DNA鑑定を偽造してまで穂乃果達を別れさせようとするなんて、なんか矛盾してない？」

そのことは私も不思議に思っていたので、家族会議が終わって戻って来た右京さんに聞いてみた。

「本田さんってね、凄く健気なんだよ。自分はただの使用人。エミリさんとは住む世界が違う。どんなに好きでもこの気持ちを伝えることはできないって思っていたそうなの」

なんの財産もない自分がエミリさんを幸せにすることはできないけれど、せめて傍に居て彼女が幸せになる手伝いがしたい。そう思っていたので、庭師として一人前になっても篠崎家を出なかった。そして右京さんと私が別れることを願ってエミリさんに協力したそうだ。

「でも、親友の副社長が地位も名誉も捨て穂乃果を追って家を出たから慌てたってことか……」

「慌てたというより、自分の気持ちに正直な右京さんが羨ましかったって言ってた」

「そっか～。まぁ色々あったけど、私的に一番のざまぁは、やっぱり大島社長のことだね。あ、もう社長じゃないのか……」

そう、エミリさんの一件の後、篠崎コーポレーションに戻った右京さんは取締役会で冬悟さんの社長解任案を提出し、それが満場一致で承認されて冬悟さんは更迭された。

後で分かったことだが、役員の中に社長の血縁者を次期社長にという声は全くなく、反対に次期社長は是非、右京さんにと役員の皆さんから強く乞われたとか……。

「終わりよければ全てよし！　だね。それで、結婚式の準備は進んでる？」

私と右京さんの結婚式は二ヶ月後、ふたりが出会った思い出のホテルのチャペルで挙げることになっている。

「うん、ドレスとかは決まったよ。一ヶ月後に都内のフォトスタジオで前撮りする予定なの」

「順調みたいで安心した。じゃあ、私、そろそろ帰るよ」

「えっ、もう？　ゆっくりしていけばいいのに」

「そうしたいけど、篠崎副社長のご両親と一緒に夕食を食べる約束しているんでしょ？　そろそろ向こうの家に行った方がいいんじゃない？」

「あ、そうだった」

右京さんは自分が家に居る間は三人で過ごしたいと思っているようで、私が隣の母屋に住む両親を招待して食事をしようと言ってもスルーされる。だから両親とゆっくり会えるのは右京さんが居ない時だけ。今日は右京さんが泊まりの出張なので久しぶりに両親と食事をする約束をしていたのだ。

奈美恵を門の前で見送り、そのまま母屋に行くとお義父さんが待ち構えていて、京介とお風呂に入るのを楽しみにしていたのだと早々にバスルームに行ってしまった。

お義母さんはキッチンで鼻唄を歌いながらスペアリブの仕込みをしている。

「わぁ～美味しそう！」

「ふふっ、前に穂乃果さんが美味しいって言ってくれたから、また作っちゃった」

「私も手伝います」

腕まくりをして気合いを入れるも、そのタイミングでリビングの電話が鳴り出した。

「あ、穂乃果さん、手が離せないから出てくれる？」

「はい」

小走りでリビングに行き受話器を取ると女性の声が聞こえてくる。

『篠崎右京君のお宅ですか？』

右京さんを君付けで呼ぶってことは、親しい人なのかな？

「……はい、そうですが、あいにく主人は出張で留守にしておりまして……」

『主人？　もしかして右京君の奥様？』

「は、はあ……あの、失礼ですが、どちら様でしょう？」

遠慮気味に聞くと女性が慌てて名前を名乗る。

『私、宮田鈴絵《みやたすずえ》と申します。実は私、右京君の……』

えっ……嘘――。

＊　＊　＊

――一ヶ月後。

大小様々な島が点在する紺碧の海を背に華奢な腰に手を添えると、岬の下から駆け上がってきた潮風が愛しい女の髪を包む白いベールをふわりと揺らした。

「穂乃果、綺麗だよ」

頬を紅に染めた穂乃果ははにかむように微笑み、大きく澄んだ瞳で俺を見上げる。

「花嫁さん、もっと笑顔をください。花婿さんは視線をこちらに」

ファインダーを覗くカメラマンがあれこれ注文するが、俺は美しい妻に見惚れて彼女から目が離せない。

ここは、俺と穂乃果が初めて結ばれたあのシーサイドホテルの敷地内にある芝生の展望公園。岬の先にあるので絶景のパノラマだ。

当初、ウエディング写真の前撮りは都内のフォトスタジオで行われる予定だったが、穂乃果がこの思い出の地で前撮りがしたいと言い出し、急遽予定を変更してここにやって来た。

「次は息子を抱いたショットでお願いします」

穂乃果はこの日の為に京介にもタキシード風のベビー服を用意し、少ない髪をオールバックにしてかなり気合いを入れている。

「どっちが新郎か分からないな」

「可愛い紳士でしょ？」

俺は京介を抱き上げ、再び穂乃果の腰を抱くとぽってりとした桜色の唇にキスを落とす。

不意を突かれ照れながら怒る穂乃果が可愛くて堪らない。

「カメラマンさん、今の撮れた？」

「はい、バッチリ撮れましたよ～」

「よし、今の写真を結婚式で皆に配ろう」

「なっ、やめてください！　恥ずかしいじゃないですか」

もっと恥ずかしがれ。俺は君の照れた顔も大好きなんだ。

それから数回場所を変えて三十分ほどで撮影は終了した。部屋で着替えを済ませた後、穂乃果がラウンジでコーヒーが飲みたいと言うので一階まで下りて来たのだが、どうも変だ。

俺達がこのシーサイドホテルに着いたのは昨日、金曜日の夜だ。その時は大勢の宿泊客が居た。しかし今日の昼を過ぎると俺達以外の宿泊客の姿が見えなくなった。

都内のホテルでも土曜日はなかなか予約が取れないことがあるのに、リゾート地でこんなことがあるのか？

「妙だな……」

「何がですか？」

「客がひとりも居ない」

もう一度辺りを見渡すと五十代くらいの小柄な女性スタッフがコーヒーを運んでくる姿が見えた。

「お待たせしました。篠崎様。撮影の方はいかがでしたか？」

「とてもいい写真が撮れました。急なお願いにもかかわらず対応して頂けて助かりました。有難うございます」

「いえ、お天気の方が心配でしたが今日は雲ひとつない青空。スタッフ一同、ホッとしております」

そして女性は記念にと、穂乃果に立派なフォトフレームを、そして俺には高級ブランドのネクタイをプレゼントしてくれた。

「いや、ネクタイは頂けません」

一泊の宿泊料金よりも高い品物をもらうわけにはいかないと丁重に断ったのだが、女性スタッフが妙なことを言って再び俺の前にネクタイが入ったギフトボックスを置く。

「こちらは私の兄が好きなブランドでして……特にこの柄を好んでつけておりました。どうぞお納めください」

「兄？」

「あ、それと息子さんにはこちらを……息子さんはまだお小さいので召し上がることはできないと思いますが、お子様連れのお客様にはプレゼントさせて頂いておりますので……」

女性スタッフがブレザーのポケットから取り出したのは、スチール缶に入ったイチゴドロップ。

「これは……」

間違いない。遠い昔、大きな手の男性から渡されたイチゴドロップだ。

「こちらも兄の好物でして……」

何かと出てくる〝兄〟というワードに困惑していると、女性スタッフが〝西島《にしじま》かずみち〟という名前を聞いたことはないかと探るように聞いてくる。

「西島かずみちは私の兄の名前です」

「西島……かずみち？　さぁ……聞いたことはありませんねぇ」

「かずは〝右〟みちは京都の〝京〟……と書いてかずみちと言います」

「右に京で……かずみち……？」

「そう、右京さんと同じ字を書くんだよ」

今まで黙っていた穂乃果が囁くように言った。

どういうことだ？　穂乃果もこの女性スタッフも何が言いたい？

不快な胸騒ぎがして激しく動揺する。

「兄は……西島右京《かずみち》は……あなたの父親なんです」

予想していた最悪の答えに落胆したのと同時に、今まで恨んできた実の父と自分が同じ名前だったことに怒りを覚えた。

なぜ母さんは自分を捨てた男と同じ名前を俺につけたんだ？

「穂乃果……帰ろう」

「えっ、でも、まだもう一泊するんじゃ……」

「いいから来るんだ」

穂乃果の手を引き歩き出すと女性スタッフが俺を引き止める。

「お願いです。一度だけ……一度だけでいいので兄に会って頂けませんか？　兄はずっと彩乃さんと右京君のことを気にかけていました」

なら、なぜ母を捨てた？

喉まで出かかった言葉を呑み込み足を踏み出すと、穂乃果が俺の手を振り払い「私は帰らない」と叫んだ。

「右京さんが実のお父さんと会うまで私は帰らない。これは、篠崎のお義父さんの希望でもあるの」

「父さんの希望だと？」

「そうだよ。お義父さんは右京さんが実のお父さんに会って和解することを望んでいるの。だから私はここに右京さんを連れて来たの」

父さんが納得の上でここへ……確かに父は以前、実父に会ってわだかまりを解けと言ったことがあった。だが、俺と母を捨てた男と会って何を話す？　今更和解したところでなんになる？

「俺の父は篠崎敏也なんだ。穂乃果、すまない。君の頼みでもこれだけは聞けない。

さぁ、もう撮影は無事済んだんだ。家に帰ろう」

穂乃果に手を差し出すも頬をぷうと膨らませ俺を睨んでいる。

「じゃあ、お義母さんが一緒に会うって言ったら？」

「バカなことを……母さんは俺以上にあの人を恨んでいるはずだ」

「だったらどうして恨んでいる人と同じ名前を息子につけたの？　私、家を出る時、お義母さんにお願いしてきたの。明日の昼までここで待ってるから来て欲しいって。お義母さんはきっと来てくれる。だから私は帰らない」

やれやれ、相変わらず頑固だな。

「そこまで言うのなら明日の昼まで待つことにしよう。本当に母さんが来たら、俺も考える」

その言葉を聞き、女性が安堵したように息を吐く。

「有難うございます。では、お母様のご到着をお待ちしております。お見えになりましたら兄のところへご案内しますので……」

俺はフロントに戻って行く女性を目で追いつつ『母さんが来るはずがない』と心の中で呟いていた。

母さんが来なければ、穂乃果もあの人も諦めるだろう。それより、なぜこんなことになったのか、その経緯が知りたい。

部屋に戻り、京介が眠るのを待って穂乃果をバルコニーに誘うと彼女も察したようで、デッキチェアに腰掛けたのと同時に話し出す。

「右京さんが出張で留守だった時、さっきラウンジで会った宮田鈴絵さんから電話がかかってきたの。宮田さんはこのホテルのオーナーだけど、ご主人の仕事の都合で二年間イギリスに行っていて最近帰国したって言ってた。それで留守にしていた二年間の帳簿や宿帳をチェックしていたら、右京さんの名前を見つけて慌てて電話をしてきたの」

「以前、穂乃果とここに泊まった時の俺のサインを見たってことか……」

「うん、お兄さんから自分の息子は篠崎右京だって聞いていたみたいだよ。私、その話を聞いて鳥肌が立った。私達が初めて結ばれた場所が右京さんのお父さんの妹さんがオーナーをしているホテルだったなんて……きっとこれは運命。神様が右京さんとお父さんを引き合わせようとしている。そう思ったの」

「で、ウエディング写真の前撮りをこのホテルにしたのか？」

「そう……宮田さんも甥の特別な日だからその日は全館貸し切りにして他の宿泊客は受けないようにするって言ってくれたから」

だから俺達以外、客は誰も居なかったのか……。

そして穂乃果は俺に手を出すように言うと持っていたスチール缶の蓋を開け、三角形のイチゴドロップを手の平にちょこんと置く。

「京介がもらった物だけど、さっき食べたら美味しかったから……右京さんも食べて」

そうだ。この形。この香り……間違いなくあの時のイチゴドロップだ。ということは、俺の頭を撫でたあの男性が実の父？　三十年前に俺に会いに来たってことか？そうだったとして、あの男性が俺の前に現れたのは後にも先にもあの時、一度きり。俺に会いたいのならいつでも会いに来られたはずだ。だが、あの人は来なかった。俺があの人の立場だったら毎日でも会いに行っただろう。何もせず、三十年も放っておいて何が父親だ。

イチゴドロップひとつで感傷的になっていた自分がバカらしく思え、奥歯で飴を砕き割る。

こんなもので俺は騙されない。たとえあの人に会っても俺は決して父とは呼ばない。

「穂乃果、待つのは明日の昼十二時までだ。いいな？」

——翌日。

俺は昨日、写真撮影をした展望公園に併設されているバスケットコートで軽くドリブルをしながら久しぶりに手にしたボールの感触を確かめていた。

約束の十二時まで、後十五分か……。

腕時計で時間を確認した俺は姿勢を低くして走り出す。両手で交互にドリブルをしながらゴールポストの手前まで来るとそのままの勢いで踏み切り、ステップを踏んでボールを下から持ち上げるようにリリース。すると手を離れたボールはスルリとゴールリングをくぐり抜けてネットを揺らした。

それから何度もシュートを決めたが、ベンチに座る穂乃果はなんの反応も示さない。

穂乃果はまだ母さんが来ると信じているようで、微動だにせず、大きく湾曲した堤防沿いのバイパスを走る車を眺めている。

実は昨夜、俺は穂乃果が風呂に入っている時に母さんに電話をして胸の内を聞いていたのだ。母さんは困惑した様子で『どうして今更……』と何度も繰り返し、ため息をついていた。

そうだよな。はっきり言っていい迷惑だ。だから俺は無理をして来ることないと言って電話を切った。穂乃果には悪いが、それが俺と母さんの正直な気持ちなんだ。

十二時を知らせるチャイムがどこからともなく聞こえてくる。

俺はボールカートにバスケットボールを投げ入れ、穂乃果に「帰ろう」と声をかけた。すると穂乃果が突然立ち上がり、抱いていた京介を俺に手渡すとバスケットボールを手に取る。

「右京さん、勝負です！」

なんと、穂乃果はまだ諦めていなかったのだ。自分がスリーポイントラインからシュートをしてゴールを決めることができたら実父と会ってくれと言う。

「シュートは一回きりで構いません。受けてくれますか？」

あまりにも無謀な宣戦布告。バスケの経験のない穂乃果がスリーポイントラインからゴールなどできるわけがない。あの華奢な腕では途中で失速するのが関の山だ。

「いいだろう。それで穂乃果の気が済むなら……」

「はい、約束ですよ」

穂乃果は俺に念を押し、スリーポイントラインに立つと右足を少し前に出す。そして重心を落として右手の指先にボールを乗せ、額の上で構えた。

「えっ……」

俺が声を漏らした次の瞬間、お手本のような綺麗なホームでシュートが放たれる。手首のスナップを利かせたボールは大きく弧を描き、バックボードに当たることなくダイレクトにゴールリングに吸い込まれていった。

小さな体であの距離から正確にシュートを決められるとは……。

呆然としていると穂乃果が笑顔で駆け寄って来る。

「私ね、学生時代バスケ部だったの。でもチビだったから万年補欠で、でもどうしても試合に出たくてスリーポイントシュートの練習を死ぬほどやったの」

なるほど、その練習の成果が今出たってことか……まんまとやられたな。

「お義母さんは来なかったけど、お父さんと会ってくれるよね？」

上目遣いで縋るように俺を見つめる瞳が可愛くて突っぱねることができない。それに、ここで断ったら一生、嘘つきだと言われそうだ。

仕方なく頷くと穂乃果は飛び上がって喜び、宮田さんを呼んでくると走り出す。だが、ホテルから出てきたのは穂乃果と宮田さんだけではなかった。

「母さん？　嘘だろ……」

穂乃果がゴールを決め、母が来てしまったらもう諦めるしかない。

笑顔で近づいてきた宮田さんが俺に一礼すると、岬の後ろにある小高い丘を指差した。

「兄はあの丘の上でおふたりを待っています。ご案内しますので、どうぞ……」

俺達は宮田さんの後に続き、丘へと続く階段を上って行く。

「母さん、なんで来たんだ?」

前を行く穂乃果と宮田さんに聞こえないように小声で聞くと、母さんは穂乃果のしつこさに負けたのだと苦笑した。

「昨夜、右京から電話があった後に穂乃果さんからも電話があって、私が来るまでずっと待っているって……随分迷ったのよ。でも、私も決着をつけたかったから……あの日、なぜ来なかったか、その理由を彼の口から直接聞きたいって思ったの」

そうか、母さんが決断したのならもう何も言うことはない。しかし本当にこんな不便なところに住んでいるのか?

人ひとりがやっと通れるくらいの狭くて急な階段の横は草が生い茂り、大きな石も転がっている。

そして階段を上ること数分、少し開けた場所に辿り着くと宮田さんが足を止めた。

「兄は、あちらに……」

彼女が手を向けたのは、一基の墓碑だった。

えっ、墓？

「兄は二十九年前に病気で亡くなりました」

穂乃果は呆然と立ち竦み、母さんは今にも泣き出しそうな顔をしている。そして俺は言葉を失い天を仰ぐ。

まさか亡くなっていたとは……二十九年前と言えば、俺に会いに来てすぐということか……。

宮田さんは堪え切れず泣き出した母さんの手を取り、更に言葉を続ける。

「彩乃さん、約束の場所に現れなかった兄を恨んでいらっしゃるでしょうね。でも、兄は行かなかったのではなく、行けなかったのです」

西島右京が家を出るつもりで荷物をまとめていると、彼の母親が心臓発作で倒れ救急搬送された。病院に付き添った西島右京は約束を守ることができず、それっきり、母さんと連絡が取れなくなる。

「当時はまだ携帯電話がそれほど普及していませんでしたからね。待ち合わせ場所に居た彩乃さんに連絡したくてもできなかったんです」

「そんな……では、私は彼に捨てられたんじゃなかったんですか？」

「もちろんです。彩乃さんを忘れられなかった兄は必死で行方を探していました。そしてようやく彩乃さんを見つけた時、既に他の男性の妻になっていました」

「ああ……」

母さんは手で顔を覆いその場に座り込んでしまった。その背中を撫でている穂乃果の頬も涙で濡れている。

「そのことを知った後も兄はずっと彩乃さんを想い続けていました。そんな時、私達の父が亡くなり、順調だと思っていた父の会社に多額の負債があることが判明したのです。ホテル事業を主な仕事にしていたので、所有していた全てのホテルを売却したのですが、兄はこのシーサイドホテルだけは手放さなかった」

その理由は、母さんと出会ったのがこのホテルだったから……。

「兄は亡くなる寸前までおふたりのことを気にかけていました。もし自分が亡くなった後、篠崎彩乃と篠崎右京という人物が何か困りごとがあって自分を頼ってきたら、助けてやって欲しいと……そして彩乃さんと結婚しなくてよかったとも言っていました」

「それは、どういうことですか？」

俺が訊ねると宮田さんは寂しげに笑い、西島右京が眠る墓に視線を向ける。

「こんな早死にする自分と結婚したらふたりに苦労をかけるところだった。よかった。よかったって……涙を流しながら笑っていました。そして自分が死んだら彩乃さんと出会ったホテルと、彼女が綺麗だと言っていた海が見えるこの丘に埋葬して欲しいと言い残して息を引き取りました」

死してなお、彼は母さんを愛し続けている。その愛の深さに胸が熱くなった。

俺達は捨てられたのではなかったんだ。

そう思った時、穂乃果がしゃくり上げながら俺の手をきつく握る。

「私と右京さんがここに来たのは偶然じゃない。あれは、お父さんが呼んだんだよ。お義母さんをここに連れて来て欲しかったから」

「まさか……それは考え過ぎだろ」

「ううん、お父さんとお義母さんが出会ったあのホテルで私達が結ばれて京介を授かったんだよ。絶対に偶然じゃない」

霊魂や死後の世界を信じないわけではないが、それはちょっと……。

一度は否定したものの穂乃果が居なければ、俺も母さんも西島右京に会おうとは思わなかった。そう考えると、穂乃果の言葉が現実味を帯びてくる。

俺と母さんがここに来る為には穂乃果が必要だった……ということは、俺と穂乃果を引き合わせてくれたのも彼なのか？

俺は墓碑に歩み寄ると静かに手を合わせた。

もし、穂乃果と出会わせてくれたのがあなたなら、もう一度だけ奇跡を起こしてそれを証明して欲しい。来年の今日、五月二十日に俺に娘を抱かせてください。穂乃果に似た可愛い娘を……。

そして自分の父はあくまでも育ててくれた篠崎敏也だと前置きした上で感謝の気持ちを伝える。

――俺と母さんを愛してくれて有難う。

その時、少し強い風が吹き抜け、周りの木々が大きく揺れた。その直後、誰かに頭を撫でられたような感触がして慌てて目を開ける。

それが西島右京の仕業だったのかは分からない。答えが出るのは、一年後……。

楽しみにしているよ。もうひとりの……父さん。

＊　＊　＊

――一年後、私と右京さんとの間に第二子となる娘、果穂《かほ》が誕生した。

右京さんは初めて娘を抱いた時、驚いた顔をして助産師さんに何度も『今日は五月二十日ですよね？』と聞いていたな。そして天井を見上げると、なぜか『有難う』って呟き、嬉しそうに笑っていた。

それが誰に向かって言った〝有難う〟なのか、三ヶ月経った今でも謎のまま。聞いても教えてくれないんだよね。

そういえば、果穂が産まれた日の丁度一年前は、右京さんの実のお父さんのお墓参りをした日だ。そのお墓参りをした数日後、お義母さんに誘われ母屋でお茶を飲んでいた時、お義母さんが右京さんには秘密だと言って凄い話をしてくれた。

お義母さんと右京さんの本当のお父さんが出会ったのは、あのシーサイドホテルではなく、私と右京さんが出会ったのと同じホテルだった。

地方出身のお義母さんは就職試験の前日、上京してあのホテルに泊まったそうだ。そして就職試験当日の朝、フロントでチェックアウトしようとした時、財布がないことに気づく。どこを探しても見つからず、お義母さんはショックで号泣してしまった。その時、フロントを担当していたのが、実家のホテル事業を継ぐ為、あのホテルで修業をしていたお父さんだった。

お父さんはお義母さんを不憫に思い、こっそり宿泊料金を立て替えてくれた。その後、就職試験に合格して東京に出てきたお義母さんは真っ先にお父さんを訪ね、お礼にホテルの最上階にあるレストランで食事をご馳走した。それが縁でふたりは付き合うことになる。

つまり私と右京さんが出会ったレストランでふたりの恋が始まったのだ。

となると、お父さんの思い入れが強かったあのシーサイドホテルは？　ということになる。そのことをお義母さんに聞くと……。

『右京には絶対に内緒よ。実はね、彼と初めて結ばれたのが、あのシーサイドホテルだったの』

なんと、私達と同じ場所でお義母さん達も……そしてその時に身籠ったのが右京さんだったと衝撃のカミングアウト。

お義母さん曰く、宮田さんがシーサイドホテルで出会ったと言っていたのは、さすがに妹にそこまで正直には言えなかったので出会った場所だと嘘をついたのだろうと。

自分が息子にこの事実を言えないのと同じだって。

そして最後に一番聞きたかったことを教えてくれた。

なぜ、右京さんに実父と同じ名前をつけたのか……。

『同じ名前にすれば、いつかあの人が右京を見つけてくれると思ったから……』

お義母さんもまた、西島右京さんを愛し続けていたのだ。でも今はお義父さんのことが一番好きだと恥ずかしそうに笑っていた。

「穂乃果、どうした？　さっきからボーッとして。京介が眠そうにしているぞ」

休日のお昼過ぎ、京介を抱いた私の隣で果穂にミルクを飲ませていた右京さんが肘でツンツンしてくる。

「あ、ああ、はいっ！　そろそろ昼寝の時間だね。寝室に寝かせてくる」

右京さん、お義母さんのあの話を聞いたらどんな顔するだろう？　あぁ～、言いたくてムズムズする。でも、お義母さんと約束したから言えない。うーん、辛い……。

悶々としながら京介を寝かせてリビングに戻ると玄関のチャイムが鳴った。

「俺が行くよ」

眠った果穂をソファ横のベビーベッドに寝かせた右京さんがリビングを出て行く。

そしてA4サイズの封筒を手に戻って来た。その時、私のスマホに浜松のお義姉さんから電話がかかってきたのだ。

「お義姉さん、悪阻の方はどうですか？　少しは楽になりました？」

お義姉さんは現在、妊娠五ヶ月。子供は作らないって言っていたのに、京介と一緒に暮らして子供が欲しくなったそうで、妊活の結果、めでたくご懐妊。お義姉さんが妊娠したと知ったお父さんは感激して唐揚げを揚げながら号泣していたらしい。

『うん、少し楽になったかな。それより、荷物届いた?』

「荷物? あ、今届いたのかな? 何を送ってくれたの?」

『あらヤダ。右京さんから聞いてないの? まぁいいわ。ふたりで見て』

あ、切れちゃった。

振り返ると右京さんが封筒を開けて中から文庫本を取り出していた。

「右京さん、それって浜松のお義姉さんから?」

「ああ、茜さん、小説家になったらしいぞ。見本誌を送ってくれた」

「ええっ! 小説家?」

右京さんの話によると、こっそり書いてブログに上げていた小説が出版社の目に留まり、書籍化の打診があったのだと。

「この小説のモデルになったのが、俺と穂乃果だって言ってたよ」

あっ! だからお義姉さん、私達のことを根掘り葉掘り聞いていたの? 小説のネタにする為に……。

「右京さんはお義姉さんが私達のことを小説に書いているって知ってたの?」

「ああ、浜松に居た時にチラッと聞いた」

「えっ……そんな前から知ってたの？　だったらどうして私に教えてくれなかったの？」

「小説を書いていることを知られたくないから誰にも言わないでくれって、茜さんに口止めされていたんだよ」

右京さんも趣味で書いているだけだと思っていたので、あえて私に言う必要はないだろうと判断したそうだ。

「でも、まさか書籍化されるとはなぁ……」

右京さんは感心しきりで、身内が本を出したのだから篠崎コーポレーションの社内報に載せて宣伝するとか言ってる。

「いや、やっぱり大量購入して社員全員に配る方がいいか……」

右京さん、何トチ狂ったこと言ってるの？　この本には私達のことが書かれているんだよ？　そんなの社員の人に読まれて恥ずかしくないの？

「と、とにかく内容を確認しないと……私にも見せて」

慌てて手を伸ばすが、彼は文庫本を持つ手を高く上げ、もう片方の手で私の腰を引き寄せる。

「後でな。それより、チビ達が寝たんだ。久しぶりにふたりの時間を楽しもう……」

「でも、気になるから、ちょっとだけ見せて」

しかし右京さんはその言葉を無視。文庫本を後ろのソファに放り投げるとフェロモンたっぷりの艶っぽい目で私を見下ろす。

「昨夜はふたりが交互に泣くからキスもできなかった。もう我慢の限界だ」

それは私も同じ。休み前だから期待していたのに、大泣きする息子と娘に邪魔されて全然甘えられなかった。

「今夜もチビ達が夜泣きしたらどうする？」

意地悪な人……そんなこと言われたら拒めない。

「穂乃果も俺が欲しいだろ？」

耳元で響いた官能的な声に身震いした刹那、右京さんの熱い吐息が目尻を掠め、頬を滑って唇に辿り着く。優しい温もりは暫くの間、触れては離れるという行為を繰り返していたが、私がねだるように彼の名を呼ぶと、それは激しく濃厚なものへと変わっていった。

呼吸もできなくなるくらい強く押し当てられた唇の奥で互いの湿った息が交じり、体温が溶け合う。そして密着した胸で心音がひとつになってドクンと震えた。

あぁ……右京さん、大好き。

荒々しいキスに感情の熱が高まり、その先を期待した時だった。唇を重ねたまま彼が「ふふっ……」と笑う。

「可哀想だから小説のタイトルだけ教えてやるか……」

「えっ？」

甘い余韻に浸りながら微かに瞼を開けると、右京さんが勿体ぶるように耳孔に舌を這わせ、濡れた唇で囁いた。

「俺達の恋のタイトルは……《切愛蜜夜》」

それは、どうしようもなく切なくて、とびっきり甘い私達の恋物語――。

Ｆｉｎ

あとがき

この度は、マーマレード文庫四冊目となります『捨てられたはずが、切愛蜜夜で赤ちゃんを授かり愛されママになりました』をお手に取って頂き、有難うございます。
今作は今までの作品とは少し雰囲気が違うかな……？　と思いながらの執筆でした。
私の他の作品を読んでくださったことがある方は、沙紋《さもん》はラブコメという印象が強かったと思います。（実際にラブコメばかり書いていましたから）でも実は私、ヒリヒリするような切な系を書くのが大好きなのです！（ドロドロの愛憎劇ならなおよい）
商業デビューをして十年目に突入しましたが、やっと試練だらけの切ないお話を形にすることができました。（注　今回はドロドロではありません……多分）
その試練に健気に耐えてくれたヒロインの穂乃果には感謝の気持ちでいっぱいです。
また、そんな穂乃果を揺るぎない愛で支え続けたヒーローの右京。君もよく頑張った！
裏話的なことを書きますと、草案を提出した時はもっと切ない展開でしたので、内

容的にちょっと……ということでボツになりました。（今思えば、確かにあの内容はちょっと……かもしれません。汗）
しかし有難いことに復活して作品にすることができました。そんな経緯もあり、書き上げた時は感無量！　思い入れの強い作品となりました。

今回も沢山の方々にお世話になりました。

今作途中から担当してくださった編集者様、嬉しい感想を有難うございます。（褒められるとテンション爆上がりになりますが、伸びるタイプかどうかは分かりません。笑）また、カバーイラストを担当してくださった石田《いしだ》恵美《めぐみ》先生、美麗で素敵なイラストを有難うございました。美し過ぎて大感激！　思わず見惚れてしまいました。

そして本作に携わってくださった全ての方々にお礼申し上げます。

最後になりましたが、ご縁があり本作を読んでくださった読者の皆様。心より感謝致します。

このご縁が今後も続きますよう切に願っております。

沙紋《さもん》みら

marmalade bunko
マーマレード文庫

捨てられたはずが、切愛蜜夜で赤ちゃんを授かり愛されママになりました

2022年10月15日　第1刷発行　定価はカバーに表示してあります

著者　沙紋みら　©MIRA SAMON 2022
編集　株式会社エースクリエイター
発行人　鈴木幸辰
発行所　株式会社ハーパーコリンズ・ジャパン
東京都千代田区大手町1-5-1
電話　03-6269-2883（営業）
0570-008091（読者サービス係）
印刷・製本　中央精版印刷株式会社

ISBN-978-4-596-75421-9

m a r m a l a d e b u n k o